太陽ときみの声

川端裕人

朝日学生新聞社

装画　とろっち
装丁　横山千里

太陽ときみの声

新キャプテン

10月の放課後の校庭は、まるでサッカーのためにあるんじゃないかといつも思う。

夏は暑くてたまったもんじゃない人工芝も優しくスパイクを受け止めてくれるし、風がずいぶん冷たくなってきたとはいえ、ちょっとアップすればじんわり汗をかく。試合ともなると、暑いとか寒いとか考えることもなくただプレイに集中できる。

県立都川《みやこがわ》高校サッカー部2年生の光瀬一輝《みつせいっき》は、前線で孤立しながらもこまめに位置取りを調整する。チームのほかの全員は守備に追われており、相手陣内にいるのは一輝だけだ。ボールが蹴り出されたら速攻につなげるため、がまんして残っている。

「おまえ一人が前線にいたって、点取れねえだろ」とマークについてる山田《やまだ》先輩が背後から言った。

「そうですかね」と一輝は振り向かずに答えた。

受験や就職に備えて引退する3年生と、これから中心になる1、2年生の新チームによる最後の紅白戦。キャプテンの山田先輩は、守備の要でちょうど一輝と直接対面する位置にいる。

試合の残り時間は、あと5分くらい。3年生が、3対2でリードしている。
1、2年生チームは、1点差を追いつき、あわよくば逆転を狙っている。ちょっと押し込まれ気味だが、それでもあきらめない。だから、一輝はここにいる。
自陣から、苦し紛れの長いボールが蹴り出された。

よし！

精度が悪くても、それで十分。

足元に収めれば、そこからが勝負！

まずは自分のボールにするために全力で走る！

校舎の窓で反射する西日のせいで、うっかりボールを見失った。それでも、一輝はだいたいの予測地点に走り込み、ワンバウンドでトラップした。

そのままドリブルを始めたかったが、山田先輩がしっかりマークに付いていた。

「ほら、やっぱり一人じゃ無理だろ」

「可能性は、切り開くもんですよ」

寄せてくる山田先輩を半身であしらいながら、ボールを遠いところに置く。

「キープしてる間に、ディフェンスが戻る。可能性は狭まるばかりだぞ」

これは挑発なのか、助言なのか。プレイ中におしゃべりするなんて、ふだんなら山田先輩は絶対にしない。3年が引退する最後の部内試合ならではだ。

「さあ、どうですかねぇ」

言い終わる前にフェイントをかけて反転。ゴールに向かってドリブル！

というのは、見せかけだ。

後ろから味方がすごい勢いで押し上げてきている。

一輝の中学時代からの相棒、鈴木《すずき》丈助《じょうすけ》。

小柄で俊敏で、スピードもドリブルも一流。頼れるやつだ。

丈助と交差する瞬間に、ちょんとボールを流して預けた。

そして、一輝自身は、ゴール斜め前へと走り込んだ。

あとは丈助の突破と、絶妙なラストパスを信じて待つ。

ペナルティエリア内でのポジションの奪いあいは、まさに戦場。激しく体がぶつかりあう。

一輝はサッカー部で一番の長身で、まだ背が伸びている。体幹も強い自信があって、接触プレイに臆することはない。

頭がガツンとぶつかって目に火花が飛んだ。

右サイドを突破した丈助が、ラインぎりぎりから鋭い浮き球のパスを送ってきた。ゴールキーパーが手を伸ばしても届かない方向にくいっと曲がる。

軌道に合わせてジャンプした時、なぜかボールが消えた。

それでも、風を切る音が聞こえたから、かろうじて額に当てた。

人工芝の上に倒れ込みながら、ボールが飛んだ方向を探した。もしも、キーパーに弾かれたら、地面に転がったままでも押し込んでやる!

歓声が上がった。うまい具合に、ボールはゴールの中に転がり込んでいた。

同点ゴール!

そして試合終了のホイッスル。

丈助が手を伸ばし、一輝の腕を引っ張った。

「やったな!」と丈助に話しかけたが、なぜか浮かない顔をしている。

「最後のパス、精度、悪かったたか」

「そんなことない。ドンピシャだ」

「いや、タイミングがずれた。おかげで逆にキーパーの予想が外れて入った」

たしかにそうかもしれない。

一輝がボールを見失ったせいで、狙い通りのところに飛ばなかったのだから。

結果オーライな一輝と違って、丈助は完璧主義者だ。うまくいかなかったなら、次はどうすればコンビネーションが向上するのか考える。

「集合！」と招集がかかり、センターサークルに整列した。「ありがとうございました！」と頭を深く下げた。

「おまえら悪くねえな」

山田先輩が一輝の肩に手を回してきた。

「前半はディフェンスがガタガタだったけど、後半はよく立て直した。里見《さとみ》のスーパーセーブもすごかったが、舘山《たてやま》が全部、シュートコースを限定してたからな。それに1年生もがんばった」

引退して、明日から練習には来ない山田先輩の声は晴れ晴れとしている。

生真面目な性格で、あまり人を褒めないのに、きょうに限ってはキーパーの里見と、ディフェンスの要、舘山の名を挙げて賞賛した。二人とも、一輝や丈助と同じ二年生だ。

これまで試合にあまり出てこなかった1年生が、前半、足を引っ張ったが、里見のコーチングと舘山のカバリングで持ち直した。一輝は、攻撃の最前線の選手だけれど、すごく頼もしく思える守備だった。山田先輩が褒めるのもよく分かった。

「それから、やっぱり言っておくが――」

山田先輩が一輝からいったん体を離し、丈助と一輝を交互に見た。

「光瀬の体を張ったプレイと鈴木の突破力。これは、すごいな。二人の攻撃は、どんな相手でもビビるはずだ。自信を持って磨いていけよな」

「もちろんです。おれと丈助は、まだまだこんなもんじゃないっすから」

一輝は本当にそう信じていた。

中学校で2トップを張っていた時から、一輝にとって丈助は特別な存在だった。全然違うプレイスタイルなのに、お互いのことが分かる。相手を活かして、自分も活かす。そんなふうにごく自然に感じられた。

だから、丈助と一緒に、相手陣内の深くまで攻め込んだ時は、いつも、何かが起きる予感がする。どこまでも遠くに行けそうな気がする。

「まあ、天狗《てんぐ》にはなるなよ。全国に行けば、すごいやつは掃いて捨てるほどいる」

「はい、忠告、承ります。でも、おれたちは、そういうすごいやつと出会いたい！」

山田先輩は、中学生の時に全中《ぜんちゅう》、つまり、中学生の全国大会出場経験がある。都川高校サッカー部の中では一番、「全国を知っている」選手だった。

その山田先輩がいても、高校での全国大会の壁は厚く、結局、県大会での敗退が続いている。都川高校はサッカーの名門というわけではなく、山田先輩が孤軍奮闘《こぐんふんとう》するだけではどうしようもなかった。

「おれも……一年、遅く生まれてれば、お前たちともう一回、全国を目指せたのにな……」

山田先輩がふいに遠くを見て、言った。

今の2年生は、全国経験はなくても、伸びしろがある。3年生よりももっとうまくなるし、強くなる。前に先輩がぽろっと言ったことがあった。ふだん厳しかったのは、すごく期待されていたからだ。先輩が、もう一年遅く生まれてれば、と口にするなんて、胸が熱くなりつつも返す言葉に困った。

そういう巡りあわせというのはある。一輝にしても、丈助や今の2年生と出会っていなければ、全国大会なんて口に出しても冗談にもならなかっただろう。もっとも、今だって、実績はないわけだから、とことんチャレンジャーな立場だ。

「で、どうする？　先生には、自分たちで決めろって言われた。おれとしては、舘山か光瀬だと思っている。あとは、どんなチームを目指すかだ。自分たちで決めるといい」

山田先輩が、腕に巻いていた黄色いキャプテンマークを取りはずした。

それで、理解した。

次のキャプテンを誰にするか。

舘山の名前が出たのは分かる。ポジションも山田先輩と同じ守備的なところで、いつも全体を見ているし、冷静だ。顧問の大滝《おおたき》先生ともよく話していて、部員とのパイプ役にもなっている。だから、普通に考えると舘山だ。今、山田先輩がやっていることを、そのまま引き継いでくれるだろう。

なのに、先輩は一輝の名前も同時に挙げた。

いったい、なぜ?

ほんの少しの間、みんな、黙り込んで、風の音が大きく聞こえてきた。

「やっぱ……」

一輝は声を出した。やっぱ、舘山じゃないか……。

「一輝だろ」と先に言ったのは、舘山の方だった。

「え、なんで」

「おまえ、よく言ってただろ。明るく楽しく勝ちまくるサッカー部って」

「ああ……」

それは、一輝にとって口癖みたいなものだった。ボールを蹴って、ドリブルして、シュートして、楽しい。それがサッカーだ。小さい頃から、ずっとそうだった。

「きょうの試合だってそうだ。おまえとやってると、負けてても底抜けに明るいサッカーになるよな。それって、へらへら笑って勝ち負けを気にしないってわけじゃなくて、よいところを伸ばして次につながるサッカーだと思うんだよな。おれがキャプテンやったら、違うふうになる。おれ、発想が減点主義だし。だから、おまえがやれよ」

一輝が返答に困っているうちに、まわりから拍手が巻き起こった。

ユニフォームの袖が引っ張られた。

「イッキ！」

いつのまにか丈助が隣にいて、強い目で一輝を見ていた。

「イッキがキャプテンだ」とうなずきかけてくる。

山田先輩が、黄色いキャプテンマークの腕章をこちらに向けて投げた。

「頼むぞ。来年こそ、選手権行けよ」

「うっす！」

反射的に返事をして、キャプテンマークを握りしめた。

すると、体に力が満ちてきた。

三年生を送り出した後で、二年生、一年生で円陣を組んだ。

「よし、やってやろうぜ！　選手権だけじゃない。関東大会も、インターハイも行くぜ！」

力強く声を合わせ、ここから始まる光り輝く日々を思う。

「ああ、そうだ。副キャプテンを誰にするか決めてなかった。おれとしては——」

一輝が言いかけた途中で、みんなの視線が一人に集中した。

「じゃあ、丈助で決まりだな。一輝とのコンビならそれがベストだと、おれも思っていた」

舘山がまとめてくれた。

みんなが拍手する中、本人だけが黙り込んでしまったけれど、もともと口数は少ないから誰も不自然に思わなかった。

きっと、この先、想像できないほどの未来が、必ず待っている！

とにかくサッカーは楽しい。勝てばもっと楽しい。だから、いっぱい練習をして、よい準備をして、すべての試合に楽しんで勝つ！

キャプテンマークを巻いてみて、初めてそんなふうに演説した。

みんなの目が輝いていた。低くなった真っ赤な太陽を宿して、比喩でもなんでもなく、目が燃えていた。

帰り道は、丈助と一緒だ。

同じ中学校の校区に住んでいるわけで、通学路も九割方同じ。途中までは川沿いを行くことになる。そして、いつもの習慣でしばらくは遊歩道を自転車を押して歩いた。

「なあ、イッキ……」

呼びかけた丈助の声が、ちょっと震えていた。

「おう、どうした」

「おれたち、やれるのかなあ。ほら、3年生がいなくなって、いきなり部を引っ張れって言われても……」

「あはは、ジョー、ビビりすぎ！」

一輝は肩を叩いて笑った。

丈助は、ボールを持てば無敵のプレイをするし、技術を高めるためには妥協なく努力するやつだ。それなのに、試合前になると、いつも緊張している。試合の中ではすごく格好いいし、日常では無口でクールだと思っているファンの女子もいるみたいだが、そこのところはいい感じに誤解されているかもしれない。

「でも、イッキ」と丈助はますます不安げな声を出した。

「イッキのキャプテンはともかく、おれの副キャプテンって……」

一輝は大きな声を出して笑った。

丈助は、一輝をキャプテンに推しておいて、その後で、自分が副キャプテンをつとめることになると一人で真っ青になっていた。中学でもそうだったのに、今回は思いも寄らなかったらしい。

「言っただろ。おれたちは、全国に行くんだ。選手権だけじゃなくて、インハイも関東大会も上位を狙う。おれたちなら、いや、おれとジョーならできる」

一輝は一点の曇りもなく、そう信じている。

「イッキが言うと、めちゃくちゃなことでも、本当っぽく聞こえる」

丈助がしみじみと言った。声の震えは止まっていた。

そういえば、部活の後、もう一人のキャプテン候補だった舘山も、ずっと前から、一輝を推すつもりだったと聞いた。その理由は、やはり「おまえが言うと、めちゃくちゃなことでも、本当っぽく聞こえる」からだそうだ。

「しかしだなあ、本当っぽいって、やっぱり本気じゃないって意味だよな。ていうか、ジョー、おまえ、本気じゃないのか」

「本気だ。イッキと一緒ならいける。だから精度上げてこう」

そうだ、丈助はこういうところがいい。小心さと表裏なのかもしれないが、すごくうまいくせに、いつももっとうまくなろうとしている。すると、一輝も負けていられないし、がんばらなきゃ！という気持ちになる。

「おう。おれとおまえで、かき回してやろうぜ！」

「わかった！」

結局、丈助とのやりとりは、収まるところに収まった。

「すげえ、真っ赤だ。きれいだな」と丈助が言った。

「はあ？」と一輝は聞き返した。

「ちょうどこの時間、都川《みやこがわ》が光るだろ」

一輝は顔の向きを変えて、足元から海へと続く川を見た。たしかに、川の水面が、深い輝きを放っていた。

「きれいというか、迫力あるよな。川が光の道になったみたいだ。1年の時、海までロードワークしたな」

「イッキが遅刻したせいで連帯責任の罰走。10キロ以上あった」

「おかげでおれら、走り負けしない」

あの時の川はキラキラしていて、大変な思いをして走りながらもすごく励まされた。

でも、きょうの川は、もっとざらついていて、反射する光も目に刺さるようだ。

ふとめまいを感じ、一輝は足を止めた。そして、ぎゅっと目を閉じた。

「どうした、イッキ」

「なんでもない」

ただまぶしかっただけだ。

めまいがするほど高く掲げた目標も、原因かもしれない。

でも、一輝はやると決めた。次の日から、キャプテンとして新しいサッカー部を引っ張る。

方針は「明るいサッカー部」!

明るく楽しく勝ちまくる快進撃の始まりのはずだった。

アクシデント

光瀬一輝は自分の名前がキラキラネームだと思っている。なにせ「光」「輝」がダブルで入っているし、それも「一」番に、だ。

小さい頃サッカーを教えてくれた父は「お日様になれ」と言った。太陽みたいにチームを引っ張れと。母は「あなたが輝ければそれでいい」といつも言っていた。

親のそういう願いが詰まっている以上、やっぱりキラキラだ。でも、一輝は、案外気に入っている。

一輝はJリーグの育成組織に誘われるような子どもではなかったけれど、所属したチームではいつも中心選手だった。体の成長が同学年では早い方だったから、体格的に恵まれていたことも大きい。中学で丈助と出会ってからは、それまで以上に世界が開けた。

初めて一緒に練習試合に出た時、一輝は驚いた。丈助は小柄だったし、試合前には自信なさそうにしていたから、初心者なのかとすら思っていた。それなのに、いったんボールを持つと、手が付けられなかった。一輝がそれまでに見てきた中で、一番、技術が高い選手だった。おまけに、一輝とは最初から息が合った。二度三度、パスを交換しただけで、もうずっと同じチームでやってきたみたいに感じた。

結局、最初の試合で、二人のコンビネーションだけで5点取った。相手は結構、強いチームだったので、みんな大騒ぎした。そんな中で、丈助が首をかしげながら一輝に聞いてきた。

「どうして……いつもいる？」

一輝が、いつもいてほしいところにいるという意味だったらしい。それは、一輝にしても同じで、丈助の動き方は驚くくらい自然に理解できた。

二人は一緒に試合に出ることが増え、どんどん得点を重ねた。丈助が2点取れば、一輝も必ず1点は取ったし、一輝が2点取れば、丈助も必ず1点は取った。相手の守り方によって、点を取る方法は変わったけれど、二人なら必ず突破口があった。

騎士と侍。王子と警護《SP》。いろんな呼び名で呼ばれた。

でも、自分たちのイメージは違った。

「一輝が太陽なら、おれは月だ」

お互いのプレイをどんどん理解しあっていく中で、丈助が小さな声で言った。その頃には、丈助は一輝に心を開いており、結構、しゃべるようになっていたと思う。それでも、ぼそっと言うのが丈助だった。

太陽と月。

どっちがより輝いているかという問題ではなく、プレイスタイルのことだ。

小さくて機敏な丈助と、体が大きくて当たり負けしない一輝が組んだ時、一輝は真ん中に張って、丈助がまわりを自在に動き回るのが基本だった。だから、太陽と月。

でも、実際のところは、丈助は一輝を輝かせたし、一輝も丈助を輝かせた。最高に相性がよく、お互いに持ち味を活かしながら伸びることができた。

中学最後の大会では、2トップを組んで県大会の準決勝まで行った。快進撃だった。

サッカーを離れたふだんの生活でも、丈助とは気が合った。

これも、不思議な組みあわせだった。

一輝は、仲間とワイワイやるのが好きな方だ。一方、丈助は教室では物静かでぼーっとしているから、本来はあまり交わらない。それなのに、一輝は丈助と一緒にいるとすごく落ち着いた。

結局、練習が休みの日にも家を行き来するようになった。

影響を受けたことも多い。これまで関心がなかったスペインリーグの中継を見るようになったのも、丈助のせいだ。選手の好みは完全に違っていて、しょっちゅう言い争ったけれど、それが楽しかった。何よりスペインリーグって雰囲気が明るいのだ。一輝の心の中にある「明るいサッカー」は、こんなかんじだろうと思った。のちに日本出身の若い選手たちが活躍するようになって、一輝はますます夢中になった。

二人は同じ高校に進んで、サッカー部に入った。2年生ではクラスも一緒になった。そして、とうとう、一輝はキャプテンに、丈助は副キャプテンに指名された。

中学からずっとコンビを組んできた丈助と一緒だから、一輝は正直、うれしかった。見ている人まで楽しくなる「明るいサッカー」を目標に、一気に上達するぞと意気込んだ。

11月にもなると、風は冷たくなって、校庭から見える都川も寒々しい。

それでもサッカー部は明るく楽しい！はずだった。

一輝の気分は冴えない。

キャプテンになってから1ヵ月。目標の「明るいサッカー」に向かって進んでいるかというと、ぜんぜん自信がない。

放課後、「基礎練、始め！」と対面のパス練習をする時も、みんなタラタラしている。

「強くて正確なインサイドは基本だぞ。ダーンと強く正確に蹴れないと試合じゃカットされる」

一輝はリーダーシップを発揮しているつもりだが、イマイチ、みんなのノリが悪い。

もちろんインサイドキックなんて基本の基本で、つまらないと思うやつもいるだろう。でも、強くて正確なキックができる選手がなかなかいないのも事実なのだ。

「技術の習得はくり返しが一番。だから、基礎練。みんなでレベルを上げて全国を目指そうぜ！」

都川高校サッカー部は、今はまだ強豪とはいえない。1年生には高校デビューの部員もいる。強くなるにはみんなの底上げが必要だ。自分は間違っていないはずだ。

それでも、私語が多いし、練習メニューの間の切り替えも遅い。これじゃ上達する気がしない。生真面目だと思っていた舘山ですら、ニヤニヤしている。そして、キーパーの里見はニコニコしている。里見の場合は、そういう性格だから納得だが、舘山にはもっとビシッとしていてほしい。

ある日曜日、近くの実力校を招いて練習試合をした。案の定、ボコボコにやられた。

一輝は、その日のうちに反省会を開いた。

ここで気合を入れる！

「なあ、みんな、このままでいいのか！　もっと、レベルアップしないと、楽しいものも、楽しめないだろ」

強く言ってみたものの、なぜかみんなしーんとしていた。

ひょっとすると、おれ、明るいサッカー部じゃなくて、ゆるいサッカー部のためにキャプテンになったのか?と疑問がわいてきた。

部活が終わった後、一輝はわざわざいったん教室に戻った。丈助も一緒に来てもらった。

「なあ、ジョーはどう思う?」

こんなことを相談できるのは、丈助だけだ。

丈助は、反省会の間もずっと黙っていた。もともと口数は少ないけれど、何か考え事をしているみたいだった。

「イッキ……おまえ、調子悪い?」

「え?」

まったく違う方面から不意打ちをくらって、一輝は口をぽかんと半開きにした。

「試合中、ぼーっとしてた。イッキらしくない」

「そうかな……」

一輝は試合の流れを思い起こした。

自分は、ぼーっとしていただろうか……。

ああ、そうか！　思い当たるふしなら、たしかにあった。

丈助からのラストパスをヘディングした時、なぜかボールを見失い、目に当ててしまった。火花が飛んで痛かった。それよりも、絶好のチャンスだったのに、ゴールできずにくやしかった。

あれは、はたから見れば、集中を欠いたプレイだったはずだ。

先月、3年生との最後の試合でも似たことがあった。あの時は、偶然、キーパーの逆をついて幸運なゴールになったけれど、きちんとヘディングできなかったのは同じなのだ。

「練習でも、まわりが見えてない。イッキは本当はもっと視野が広いはず」

丈助は、責めるのではなく、淡々と言う。

「たしかに……目の前のことより、部の方針とか、練習のメニューとか、そんなことばかり考えてたかも」

「イッキは太陽だろ。練習では熱く、試合では明るくプレイする。それがまわりに伝わる。みんな自分の役割を探し始める」

「なるほど、そうだよな！」

練習でも試合でも、態度で示す。きっとそういうことだ！

やっぱり丈助に聞いてよかった。

「よし、帰ろうぜ。帰りにラーメン食べね？」と一輝は一歩先に教室を出た。

ふいに足音が聞こえた。

え？と思った瞬間、重くて硬いものが、右目のあたりにぶつかって、またも火花が飛んだ。

なんか災難が多い日だ。

「わっ、ごめん」と女子の声。

「イッキ、だいじょうぶか！　ハル、気をつけろよ！」と丈助。

いつになく強い言い方だった。丈助がこんなふうにはっきり言うのは、よほど気心が知れた相手だけだ。でなければ、非常事態だ。

一輝はしゃがんで目を閉じたまま、大丈夫だと親指を上げた。

とりあえず、この気まずいかんじをどうにかしたい。

なんとか目を開けて、顔を見た。

丈助が「ハル」と呼んだのは、同じクラスの佐藤春名《さとうはるな》だった。

えーっと、佐藤って……。

一輝とも、丈助とも、割と家が近い女子だ。

そうだ、前に聞いたことがある。丈助とは保育園と小学校が同じ幼なじみだけど、微妙に学区が違って中学校は別々になった。だから、一輝は春名のことを高校に入ってから知った。部活は、たしか吹奏楽部だったたか。

春名は前髪をピンで留めておでこを見せていた。いかにも練習の後。恐ろしく大きな黒い楽器ケースを背負って、前のめりになっている。ぶつかったのはその楽器ケースだ。

「すぐ、保健室に行こう」と丈助が心配そうに言った。

「日曜だから先生いないよ。総合病院なら、救急をやっているかも」と春名。

「じゃあ、すぐ行こう。だって、イッキ、目が腫《は》れてる」

「ほんとだ！」

丈助と春名が、二人して一輝の目をのぞき込んだ。丈助は心配そうに目をしばたたき、春名は大きな目をうるませていた。

そうなると、一輝は、がぜんやる気が出てくる。人に心配させるようなことは、プライドが許さない。

「とう！」と大声を上げ、ぴょんと立ち上がった。

「ほら、ダイジョブだ」

たぶん格好はついたはずだった。

急展開

翌朝、右目のまわりが腫れ上がり、見事にあざができていた。一輝は、結局、眼科に行くことにした。朝練がない日だから、遅刻したって問題ない。

一番近い駅前のクリニック。視力検査では、ぶつけた右目はしっかり見えた。でも、なんでもないはずの左目を調べた時、先生の表情が変わった。一輝も「自分の目」を疑った。

何、これ？　ぼやけてる。一番上のひらがなも、欠けた輪っかも、さっぱりわからない！　半年前の健診の時にはきちんと見えたのに。ふだん片目だけで物を見るようなことはないから、受診して初めて気づいた。

「すぐ大きな病院へ」と先生は言い、大学病院に電話して、その日のうちに受診する予約まで取ってくれた。

自宅に連絡すると母さんも一緒に来るという。予想もしなかった急展開だ。

それにしてもなぜ？　左目だけ視力が落ちているなんて思いもしなかった。だいたい、ぶつけて腫れ上がっているのは右目の方なのだ。

なのに、見えないのは左。

電車の中で、何度も右目を手のひらで覆ってみた。

とたんに世界がすりガラスの向こう側のようにぼやけた。２メートル先に座っている人の性別も分からなかった。

「心理的なものかしらね」と母さんは首をかしげた。

「キャプテンとか引き受けて、張りきりすぎていたんじゃない？」

家ではあまり部活のことは言っていなかったが、それくらいは伝わっている。そして、母さんは鋭い。

たしかにそうかもしれないと一輝は思った。張りきりすぎて、うまくいかなくて、ちょっと焦っていた。

でも……そんなんで、視力が落ちるものなんだろうか。

大学病院では、矢継ぎ早に質問された。

「症状が出始めたのはいつ？　直接きっかけになる出来事は思い出せる？　親類に似た症状のある人は？　タバコは……さすがに吸わないよね？」

お医者さんは女性で、手際のいい人だった。テキパキしていて、時間を無駄に使わなかった。まずは診察室にある検査機器で目の奥を見て、「ちょっと詳しい検査をした方がいいね」ということになった。

腕の血管から「色素」というのを注入して目の血管に色を付けて写真を撮る。手慣れた技師さんがやってくれた。さすがにお昼の時間を挟むことになり、病院近くのファミレスで食事をしてから、また病院に戻った。母さんとこんなに長い間、一緒にいるのは久しぶりだった。でも、あまり話すことはなかった。

午後、もう一度診察室に呼ばれると、先生はあらたまった様子で言った。言葉もパキパキしたものではなく、丁寧語になった。

「きょう診た限りでは視神経《ししんけい》の機能が落ちています。でも、その原因がはっきりしません。若い人の視力が急に落ちたとき、いくつか疑うべき病気があるんですが、典型的な所見はないし、炎症もない。しばらく様子を見させてもらった方がよさそうです。もちろんきょうはできなかった検査もやっていきましょう」

原因不明の病気?　病院通い?　大きな病院に来ればすぐに原因が分かって、治るものと思っていたが、そうでもないらしい。

「それから、気をつけていただきたいのは、今、片目が見えにくい状況ですから、普段よりも行動を慎重に。見えているはずのものが見えていないということがあるので。もしも症状が続くようでしたら、ロービジョンケアの専門家と話してみてもいいかもしれませんね。ロービジョンというのは、社会的な弱視ともいって、要するに、原因が何であれ見えにくい状態のことです。支援の専門家はいろいろノウハウを持っていますからね」

次々と予期しなかった話が出てくる。

ロービジョン？　弱視？

そういえば、小学校に入る前、幼稚園の同級生で、片目をアイパッチでふさいでその上から眼鏡をしている子がいた。あれは弱視の治療だと言っていなかっただろうか。子どもながらに不思議に感じていたのを思い出した。

いずれにしても、なんか大げさな話になってきた。一輝はますますぼーっとしてしまって、わけが分からなくなった。

「症状が続くといっても、一時的ですよね？　弱視って眼鏡をかければ治るんですよね！　先生、そうですよね！」

母さんが食い下がった。

ふだんはおっとりした人なのに、大きく鋭い声だった。

「屈折《くっせつ》異常《いじょう》、つまり近視や遠視のように目のレンズに異常があるなら、眼鏡で矯正できますが、一輝君の場合は光を受ける網膜や視神経に問題があるんです。残念ながら眼鏡では矯正できません」

「でも、弱視の治療で眼鏡をかけている子がいるじゃないですか」

「ああ、それは別の話ですね。小さなお子さんが遠視や乱視だったりすると、物を見る機能が充分に発達しないまま成長してしまうんです。それで、早めに眼鏡をかけてピントを合わせることで発達をうながします。片目だけ発達が悪い時は、あえてよい方の目を隠して片目だけで見るようにしたり。こういう治療は小学校に入るか入らないかくらいまでです」

長年の謎が解けたかも、と他人事みたいにぼんやり思った。つまり……一輝はああいうことをやっても意味がないわけだ。

そして、ふいにはっとして顔を上げた。

おそろしいことに気づいてしまった。

「サッカー、できますか？　できますよね！」

だって、一輝は都川高校サッカー部キャプテンだ。見ている人まで陽気にさせる「明るいサッカー部」を目指している。

「体は元気なので問題ありません。でも、部活や体育の授業は学校側次第ですね。片目があまり見えていない状態で運動するのを学校が危険だと判断することはありえます」

部活も、体育もダメかもしれないって？　それは困る。すごく困る。

ここにきて一輝は、頭がぐわーんと揺れるような気がした。もう声も出てこなかった。

「先生、薬はないんですか？　目にいいサプリとか飲んだ方がいいでしょうか」

それから先、母さんがしつこく食い下がるのを、一輝はまったく理解しないままただ音の羅列として聞いていた。

帰りの電車の中で、母さんは「こんなことになるなんて！」と何度もため息をついた。

一輝は、「右は見えてる。ダイジョブ」と言い続けた。

実感がわかないし、母さんがああだこうだと言うのがウザかった。

だから、学校の最寄り駅で降りた。心配する母さんを振りきって、「とにかく学校に顔を出してくる」と言った。

「でも、学校に行くまでの間に何かあったら！」と母さんが言い、

「右は見えてるんだから、心配ない」とちょっと強く言い返してしまった。

考えてみたら、授業はとっくに終わっている時間だ。

なのに行く意味があるんだろうか。

いや、そっちの方がいい。教室でいろいろ聞かれるのは面倒だ。自分だって、まだよく分かっていないのに。

じゃあ、なんで学校に行くのか。ふと疑問に思ったけれど、一輝にはほかに行く場所なんて思いつかないのだから仕方ない。

校門をくぐった瞬間、サッカー部の仲間たちの声が聞こえてきた。

ミニゲームをしているのがはっきり分かった。

一輝はくるりと背中を向けて、声から遠ざかる方に足を進めた。

今は、頭の中がぐちゃぐちゃで、部活には顔を出せない。

大回りして昇降口に行き、誰もいない教室で窓際に座った。

やっぱり放課後でよかった。自分はただぼーっとできる場所がほしかったんだ。

それでも、すぐに窓の外に気を取られた。サッカー部のミニゲームが続いている。

「ああっ、ダメだ！」

一輝は小さく声を出した。

ふだん一輝がいる前線のポジションには1年生が入っていた。

経験不足がはっきりと分かる。丈助と組んでいるのに、やつを活かせていない。あわてふためいて、プレイの選択肢を自分で潰してしまっている。

ええい、そこはキープしてタメを作るんだ。いったん丈助に預けろ！

心の中で叫び、手を握りしめた。

それで気づいた。こんな遠くからでも、ちゃんと見えてる！　やっぱり病気なんかじゃなくて、母さんが、最初、言っていたみたいに、ただの心理的な問題だったのかも……。

かすかに期待をいだきながら右目を隠すと、景色がすりガラス越しに変わった。特に視界の真ん中あたりがもやっとして、見たいところが見にくかった。

心理的なことだけで、こんなふうになるものだろうか。

本当に病気だったらどうしよう。このまま視力が戻らなかったら困る。何もかも否定したくて、一輝はぎゅっと両目を閉じた。

校庭とは違う方向、それも隣の教室あたりから、低く長い音が聞こえてきた。

吹部のパート練習は、別々の教室に分かれてやる。サッカーの練習をしている時に、あちこちの教室から違う音がするから一輝も知っている。

ということは、この教室だって使われることがあるかもしれない。

それに気づいたら、一輝はなんとなく落ち着かなくなった。

本当にきょうは誰にも会いたくない。サッカー部の連中だけでなく。

家に帰るのが嫌だったのに、学校も居心地が悪いなんて……。どうしようもない。

一輝はそそくさと教室を出た。

「光瀬！」と声がした。

「心配してたよ。病院はどうだった？」

華やかな声と、親身な雰囲気。よりによって春名だった。

実はちょっと予感していた。隣の教室から聞こえた低い音は、要するに、春名がきのう背負っていたような大きな楽器が出すものだ。それくらい一輝にも分かっている。

「ダイジョブだったぜ」

口の端で笑顔を作り、一輝は手を振った。

今は何も聞いてほしくなかった。逃げるみたいに階段を下りた。

部活復帰

その夜、一輝はなかなか寝つけなかった。

家に帰ってすぐに、高校生くらいの若者の目が急に悪くなる病気をネットでいろいろ調べ始めたら、どんどん不安になってしまった。

中でも、片眼から症状が出るという遺伝性の病気は、一輝の現状とよく似ていてドキッとした。最終的には両眼とも視力が落ちて、失明に至ることもあるという。読みながら動悸が激しくなり、それと一緒に心に根付いた不安がさらに膨らんでいった。

病院の先生は、病名のことは言っていなかったけれど、この病気の可能性もあるに違いない。

頭の中はごちゃごちゃしたままで、考えるには混乱しすぎていた。

暗闇が怖かった。小さい子どもじゃあるまいに、照明を消して真っ暗になると体が震えた。

時々、がばっと起きて蛍光灯をつけ、母さんが近所のドラッグストアでさっそく買ってきた「目にいい」系のサプリを何度も飲んだ。

そわそわして、苛々して、いてもたってもいられなくて、思わず叫んだけれど声にならなかった。

だめだ、こんなのは自分のガラじゃないと思う。なんとか前向きに考えなければ。

深刻な病気だと決まったわけじゃない。かりにそうだったとしても、そこまでひどくならない人もいるはずだ。だから、希望は捨てない。試合だって終了のホイッスルを聞くまで、絶対に投げないのが一輝の信条だ。

結局、どちらにしても興奮してしまい、一輝は、当面、眠るのをあきらめた。

横になったまま、天井に貼ってあるスペインリーグの日本人選手のポスターを見た。何度やっても同じなのに、見え方を確かめて、「ダイジョブ、ダイジョブ」と自分に言い聞かせた。

ポスターの写真は、試合でシュート体勢に入った瞬間を引き伸ばしたものだ。いつだってほれぼれするし、勇気づけられる。

ヨーロッパ人の選手と比べるとすらりと細身だとはいえ、背筋が伸びた様子はまさにアスリート。蹴り足のしなやかさとは違い、軸足には筋肉が浮き上がっている。切れ長の目できりっと前を見て、相手選手のプレッシャーを跳ね返し、ぐっと踏ん張ってシュートを打つ姿を、一輝はこれまで何度も自分のプレイイメージと重ねてきた。

頭の中で、自分が試合の中にいるみたいな想像をしている間は、こんな夜でも一輝は幸せを感じた。そして、はっと我に返って、「なんとか見えてるよなあ」と安心する。でも、右目を隠すと、やっぱり見えないわけで、その都度、落ち込んだ。

困るのは「真ん中」が見にくいことだった。見ようと思ったものが見えにくくなるので、その都度、心削られる。

それでも、現状を保てれば、サッカーは続けられるかもしれない。片側の視野が狭いのは困るが、ちゃんと首振りして補おう。もともとまわりを見るようにはしてきたけれど、今まで以上に心がけよう……。

結局、明け方まであれこうだと考えてしまい、朝練は欠席、学校は遅刻した。

授業中、ずっと眠たくて、ぼんやりしていた。

休み時間は、席を離れず、目を閉じていた。

放課後になっても、立ち上がる気になれなかった。

すると、丈助がやってきた。

「イッキ、目はだいじょうぶだったんだろ。ハルから聞いた」

「あ、ああ」

「じゃ、部活、出るよな」

「もちろんだ……先に行っててくれ」

もしも、席についたまま深く考え始めたら、何もかも怖くなって、逃げるように帰ってしまったかもしれない。でも、一輝はキャプテンなのだ。部活には行かなければならない。

丈助のおかげで、チームを引っ張る自分の役割を思い出せた。

ゆっくりと支度をしてサッカー部の部室まで一人で歩いた。部室のドアを開ける時にはちょっと緊張した。

部名のプレートの上に、「明るい」という文字が書き足してある。一輝がわざわざ自分でやったものだ。その文字を指で触れて、深呼吸してから、ノブを回した。

一輝はみんなに集まってもらい、ぺこりと頭を下げた。

「きのう、きょう、連絡しなくてすまなかった。キャプテンがこれじゃいけないよな。きのうは病院で仕方なかったとはいえ、けさは単に寝坊だ。すまん」

「光瀬が練習に来ないなんて、事故ったのかと思ったよ」とゴールキーパーの里見が言った。

「ま、まあ明るくやろうぜ。キャプテンも肩の力を抜いた方がいい。じゃないと楽しくないだろ」とセンターバックの舘山。

都川高校サッカー部は、気のいい連中がそろっている。

「きょうは紅白戦」と丈助が言い、その瞬間、朝練の無断欠席は過去の話になった。目のことは丈助にさえまだ言っていないから、みんな何も知らない。でも、今はそれでいい。一輝が自然にプレイできれば、それですむことなのだ。

チーム分けは1年、2年を交ぜて、一輝と丈助は別チーム。

そんなに人数はいないから8人制だ。一輝チームは、キーパーの里見と、センターバックの舘山が2年で、後は1年生。やけに中央だけが強い構成になった。

ピーッと審判役の1年生が笛を吹いてキックオフ。

こっちのボールなので、フォワードの一輝は後ろの舘山までいったんボールを戻して自分は上がった。なんと丈助がマークについた。

「どうした？　守備、好きだったか？」と一輝は聞いた。

「守っちゃ、だめか？」と丈助はぼそりと返した。

そして、すーっと消えた。忍者みたいにすばしこくボールをカットした！

やられた！　こんなにあっさり取られるなんて。

ドリブルを始めた丈助をあわてて追いかけたが、いったんスピードに乗ると手がつけられない。舘山がうまく粘って丈助のコースを限定してくれたので、一輝は斜め後ろからボールをつつき、なんとかピンチをしのいだ。

ショックだ。守備があまり得意でないはずの丈助に、ここまで簡単にやられるなんて。

でも、守備の終わりは攻撃の始まりだ。

いったんボールを預けたキーパーの里見から、前線に駆け戻る一輝に長いパスが出た。ぎりぎり追いついてボールをキープ。

さて、どこにパスを出すか……。

いつもだったら丈助がいる。でも、今は味方じゃない。

じゃあ、どうする?

迷ったら、選択肢はひとつ。自分で勝負だ。

くるりと反転して、強引にシュートに持ち込んだ。腹に響く音がして、ボールはゴールに突き刺さった。

「よっしゃー!」とガッツポーズ。

丈助がこっちに近づいてきた。

「イッキ、昔みたいだ」

「ああ、そうだな。一人きりだとこういうことになる」

丈助は、中学校で出会った頃の一輝のことを言っている。あの頃、一輝はボールをもらって自分でシュートすることばかり考えていた。

丈助と出会って思い知ったのは、自分よりもっと確実にゴールを決めるやつがいるってことだ。強引なプレイよりも、パスを出すよろこびを知ったのは丈助のおかげだった。そして、驚いたことに、一輝がパスを出すようになると、相手のディフェンスが丈助に引きずられるようになって、一輝が自分でゴールできる回数も増えた。

騎士と侍、王子と警護《SP》、そして、月と太陽。お互いに活かしあうよろこびを、一輝は知った。試合中なのにそんなことを思い出して、丈助と視線を交わした。丈助の方も、きっと似たことを考えている。

バシッとハイタッチ。

まわりのみんなが驚いた。

今、二人は敵味方に分かれているのに、なぜ？というふうに。

「えーと、お二人さん。青春するのはほどほどになあ」と舘山にからかわれた。

「おう、分かった。おれにどんどん集めてくれ！　里見、さっきのロングパス、最高だったぜ！」

一輝はもっと暑苦しい青春モードで言い返した。部活のサッカーで、それも試合中に、青春するのは当たり前だ。

続くプレイの中、一輝にどんどんボールが集まった。まるで太陽に引きつけられるみたいに。振り向きざまの強引なシュートで2点追加。

一方で、丈助はもっとすごかった。

まず、一輝へのボールを何度もカットした。

こんな丈助は初めて見た。するっとボールに近づきかっさらって行ってしまう。忍者ディフェンスと名づけよう。

そして、長い距離をドリブルで駆け抜け、ゴールを決める。それも3点！　本当にすごい。

丈助の動きを見ていると、心底楽しくなった。目のことで悩んでいたけれど、サッカーをするだけで吹き飛ぶもんだ。サッカーっていうのは、ただプレイするだけでよろこびなんだ。

部員たちの表情も明るい。やっぱり、おれたちが目指す「明るいサッカー部」になってきているのかも！

「イッキ……」

試合後、丈助が言いよどんだ。

「なんだ?」

「部活の後……いいか?」

丈助の目が、とても真剣で、一輝はごくりとつばを飲み込んだ。

帰り道

川沿いの遊歩道をいつものように自転車を押して歩く。何度も何度もくり返してきた日常だ。とっくに日は落ちて、水面には、街灯の光が魚みたいに泳いでいた。

まだ明るいうちに帰ると母さんと約束したけど、さっそく破っちゃったなあと一輝は思った。

でも、今は丈助と話さなきゃならない。丈助の方が言い出したことだが、一輝の方にも伝えなければならないことがある。

「川にアザラシが上がってきて、大騒ぎになったことあったよな」

一輝はぽつりと言った。やっぱり切り出しにくく、つい別の話になる。

「最初、大騒ぎしたのはイッキだ」と丈助。

アザラシが来たのは、1年生の夏だった。

都川は昔すごく汚かったらしいけれど、一輝が高校生になった頃には、結構、心地よい川になっていた。自然護岸《しぜんごがん》の川岸に痩せて弱っているアザラシがいたのをランニング中に見つけてしまったので、まずは警察に電話した。結局、動物園の人が来ることになって、捕獲を手伝って……サッカー部の練習は、その日、中止になった。

いい息抜きになったし、動物園に連れていかれたアザラシがすぐに魚を食べたと聞いて気分もよかった。好きで練習しているわけだけれど、時々、気分転換は必要だ。丈助とは、きつい練習も、合間の息抜きも一緒に経験してきた。

水面でゆらゆらする光の魚が、ふっとかすんだ。

「あのさ」

「ちょっとさ」

二人の言葉が重なった。

時々、こういうことがある。互いに何かを言いあぐねている時なんか、思い切って口に出す瞬間が同じだったりする。

「おれ、守備とかうまくなってないし」と丈助。

一輝はまじまじと丈助を見た。

守備には無頓着だった丈助が、きょうは一輝へのパスを立て続けにカットした。

忍者ディフェンス。あれは結構画期的なことだ。丈助は、自分で守備するよりも、走りながらボールをもらいたがる。つまり、パスを受けて、その先へと進みたがる。なのに、きょうは、守備の意識が高くて、なおかつ成功していた。

「左」と丈助。

「きょうの試合、左側の反応が遅かった。気づけば、おれにだって楽々だった」

「そうか……」

ドクンと心臓が高鳴った。

やっぱり、丈助には隠せない。話さなきゃならない。

「おれさ、左目、今、ほとんど見えてないんだわ」

さりげなく言ったつもりだが、丈助は自転車を押すのをやめてその場で固まった。

そりゃあそうだよなあと一輝は思う。いきなり言われたらびっくりする。

「ヘディング、しすぎか？　ボクサーみたいに網膜剥離《もうまくはくり》になったり」

「違う。今のところどんな病気か分かっていないけど、とにかくほとんど見えない」

「ほとんど見えてないって……」

「左目だけだと、この距離でも、声を聞かないとジョーだって分からない。特に視野の真ん中が欠けるから困る。見ようと思ったら消えるんだ」

丈助は口をぎゅっと結んだ。この表情を見るのは久しぶりだ。単純にビビってる時よりも、ずっとはっきり感情が顔に出ている。

「治るんだよな。また見えるようになるんだろ」

「わからない。たまによくなる人もいるらしいけど、左はあんまり期待できないみたいだ。でも、右は見えてるし……」

あー、なんで、おれ、こんなに冷静に説明してんだろうと一輝は思う。丈助が顔をゆがませているから、ついバランスを取ってしまう。

「経過観察中だから、病院にちょくちょく行かなきゃならないし、これからまだ検査もたくさんある。それで、しばらく部活は出たり出なかったりになる。その間、キャプテンの仕事ができない。だから副キャプのおまえに代わりを頼みたい」

一輝は、一息で言いきった。とにかく湿っぽくなるのは嫌だったから。

「おい、歩こうぜ。もう遅い」

一輝は、先に自転車を押し始めた。ぼんやりと見ていると光の魚が水面を泳ぐ。でも、片目をつむって左目だけでじっと見ると消えてしまう。つくづくやっかいだ。

「おれ、自信ない」と丈助。

「キャプテンの代わりなんかできない」

ああ、思い出した。

丈助がさっきみたいな顔をするのは……一輝がいない試合の時だ。中3の県大会、一輝は怪我で最初の2試合に出られなかった。

「中学の時だって、おまえ、ゲームキャプテンやって勝っただろ。おれの捻挫《ねんざ》が治るまでチームをまとめてくれたよな」

「あの時は、イッキも一緒にいた。ベンチで声を出してくれた」

たしかにそうだった。今回は、検査がいっぱいで朝練がダメな時も、放課後がダメな時もありそうだ。

「ダイジョブだ。丈助なら間違いない」

一輝は、請けあった。

丈助は、すごい技術があるのに、変なところで不安がる。だから、一輝のことを「太陽」、自分は「月」なんて言い始めたのかもしれない。

月には月の役割があると丈助は言う。まあ、試合になると、一輝のまわりを右へ左へと走り回って、パスという「光」を受けたがる。たしかに、月っぽい。

「でもさ、ジョー。おまえほどドリブルがうまくて、パスも正確で無敵なやつが、なんでそんなに弱気なわけ？　おれ、見えてなくても適当にジャンプしたら、頭に当てられたんだぜ」

3年生が引退する時の紅白試合や、この前の練習試合の時のことだ。素直にジャンプすればぴったりと合うパスなんて、並のやつには出せない。

「絶対戻ってこいよな、イッキ。それまで、おれ、がんばるから」

丈助は顔をくしゃくしゃにして、今にも泣き出しそうだった。

おいおい、泣きたいのはこっちの方だよと思いつつ、一輝はまた「ダイジョブ」と言った。

変化

一輝は、学校よりも病院に行く日の方が増えた。一週間くらいは、部活どころではなかった。大学病院のきりっとしたお医者さんは、和田《わだ》先生という。若い人の目の治療では有名な人だそうだ。検査は徹底してやる主義で、たくさんの装置で目や頭を調べたし、血はもちろん、髄液《ずいえき》までとった。あれは背骨に針を刺すから痛い。もう二度とやりたくない。

そして、検査の結果が出るたびに、それでも原因が分からないと首をひねった。

「あの……遺伝子検査とか、しなくていいんですか」

一輝は気になっていることを聞いた。

和田先生は、きらりと銀縁眼鏡の端を光らせてうなずいた。

「希望があるならもちろんできるよ。でも、現時点では、積極的に薦める理由はないんだ。遺伝子検査は、慎重にしなければならないことになっている。受けてみたいなら、詳しく説明して納得した上でじゃないといけない。説明、聞いてみる?」

「あ、いや、それは……いいです」

一輝は自分で言い出しておいて、しばらく動悸が止まらなかった。先生が「積極的に薦める理由はない」と言ってくれたのは安心要素だけれど、それでも心配だった。

こういう時は、サッカーをやるに限る。

ピッチでボールを追っている限り、余計なことは考えずにすむし、すごく気持ちが楽になる。

一輝の心の拠りどころになってくれる。

でも、担任で顧問でもある大滝先生が、困った顔で一輝を呼び出した。白い物が混じった髭づらで、べっ甲柄の眼鏡をかけている。普通のネクタイはせず、いつもループタイだ。

「校長が心配していてね、光瀬の今の状態で体育をやっていて大丈夫なのかと。もちろん部活動もだ。わたしは、注意すれば大丈夫だと言ったんだが、納得してもらえていない。通院が一段落したら、また運動できるようにかけあってみよう」

大滝先生が気にかけてくれても、まったくなぐさめにならない。サッカー部どころか、体育の授業も見学になってしまったのだから。

「今はがまんだ。焦るよりも、リーダーシップを取る勉強の期間だと思うといい」

大滝先生は、濃いヒゲをなでながら言った。

先生は期待してくれている。それこそチームのリーダー、太陽として輝け、と。

一輝は、自分は体を動かさなくても、キャプテンとして部活には出るようにした。目の経過観察中だからと説明して、もっぱら、声出し、指示出し、球出しに徹した。左目がほとんど見えないことなど、詳しいことは伏せたから、みんなそれほど深刻なことだとは思っていない。部活関係者で左目のことを知っているのは、丈助と、大滝先生だけだった。

「よ、声だけキャプテンも悪くないな」と舘山にはよくからかわれた。

本当のことを知っていたら、こんなふうには言わない。ふざけて言ってくれる分には、一輝はむしろほっとしてうれしかった。

それに、実際、舘山が言うことは正しくもある。自分が練習に参加せずに遠巻きに見ている分、チームの弱点がよく分かったからだ。

一輝は、選手それぞれに別々の練習メニューを作った。みんな、「きついよ！」と文句言いながら、結構、意欲的に取り組むようになったと思う。

丈助は「イッキ、キャプテンどころかコーチみたいだ！」と目をうるませた。

そう言われたのは、例によって学校からの帰り道だ。部員では一人だけ秘密を知っていることもあって、練習中、これまで以上に丈助は無口だった。そして、帰宅途中、一輝にだけは別の顔を見せるのだった。

一輝の教室での過ごし方も、ちょっと変わってきた。

まず、担任の大滝先生が気を利かせて席を前の方に変えてくれた。左目を使わずに黒板が見やすいところということで、前列の校庭側だ。右目の視力は前と変わらないので、授業にはまったく差し障りがなかった。

「窓際族」とお調子者の野田《のだ》が言った。

どういう意味か知らなかったが、一緒に笑っておいた。

背が高い一輝は、教室では後ろの方の席で、騒いでいるのが常だった。金髪にしているロック研究会の野田や、眼鏡男子でアニメ好きの佐倉《さくら》と一緒に三バカと呼ばれて、クラスの雰囲気を盛り上げてきた。

「とうとうこの日がやってきた。三バカ解散！　うれしすぎて泣けてきた」と野田が言い、「バカ三連星が解散しても、教室に大きく散って冬のバカ大三角形になるだけだな」と佐倉が眼鏡をくいっと押し上げた。教室を巻き込む大爆笑が起きた。

新しい席のまわりには、前とは違った連中がそろっていた。学年成績トップの松戸《まつど》とか国際数学オリンピックに出たことがある女子の酒々井《しすい》とか。

「去年の東大数学の大問３がエグい。計算量、半端ねえ。心を削りに来てる」

「線形代数的に行列勝負に持ち込むと、対称性が見えて……瞬殺」

なんか、宇宙人の会話みたいだ。

つい丈助の姿を探してしまう。一輝とは逆サイド、廊下側の中列に座りぼーっとしていた。教室では存在感が薄い。

結局、新しい席で他愛のない話ができるやつは……一応いた。佐藤春名だ。

「うちのちゅーみんの機嫌が悪くてさ、言うことを聞いてくれないんだ。光瀬は、どうすればいいと思う？」

犬か猫か知らないが、ずいぶん大切にしているらしい。

「機嫌が悪いなら、ほうっておけ。機嫌を取ろうとしても、逆につけ上がるんじゃないか。ここは、放置だ」

なんでおれ、人生相談みたいなことやっているんだ？と思う。

席が近いほかの女子からも彼氏についての相談とか、丈助の好みのものは何かとか、聞かれるようになった。丈助は、運動ができて、なおかつふだんは無口なので、女子の想像力をかきたてる。本当はビビリだと知っているのは、一輝のほかには、後はたぶん幼なじみの春名くらいだろう。だから、一輝は、女子たちが持つ幻想を大切にしながら、適当に話題を合わせた。

自分のまわりで会話が絶えないというのは、ありがたい。そのうちこの席も、快適になっていくかもしれなかった。

それでも、部活ではまるでコーチだし、体育も見学。体がうずうずする。スポーツは見るもんじゃなくてやるもんだ。

いくらリーダーシップを取るといっても、自分が運動できないんじゃ、スポーツとはいわない。体は元気で動きたがっているのに、いかんともし難い。

いったいどれほど、この状態が続くのだろう。一輝はぐっと唇を噛んだ。

春名との会話

サッカーのできない生活は味気ない。部活に出ても、せいぜい指示を出し、球出しをする程度。特にミニゲームなんかが始まると、目が悪い一輝は審判をやるわけにもいかず、手持ち無沙汰だった。

どうしてもがまんできなくなって、外周を走った。学校では運動しちゃいけないといっても、ジョギングなんて運動のうちに入らないと自分に言い聞かせた。

「こら、光瀬！」

大きな声がした。校舎の方からだ。2階の端の音楽室のあたりから、両手を大きく交差させて、バツ印を作っている女子がいた。

同じクラスの佐藤春名だった。

「今すぐ音楽準備室に来なさーい！」

さすがに管楽器をやっているだけあって、すごい声量だ。

音楽準備室には、初めて入った。

一輝の芸術科目選択は美術なので、音楽室自体、行ったことがなかったし、隣に準備室があるのも知らなかった。春名は、そこで机の上に置いた楽器の表面を丁寧に拭いていた。

「あたしの相棒、チューバのちゅーみん。清掃してオイルさしてたら、バカ光瀬が走ってるのが見えた」

「バカは余計だ。で、ちゅーみんって、楽器のことだったのかよ。それにしても、でか！」

一輝は、チューバがこんなに巨大な楽器だとは思ってもみなかった。いつか廊下でぶつかってひどい目にあったのも、こいつのせいだ。

「チューバはね、低音の要。演奏を支える縁の下の力持ち。あたしに言わせれば、影の支配者。地味だし、重いけど、やりがいあるよ。チューバは、低音で地球の音をかなでるんだよ」

「地球の、音、か」

「そうだよ。大地の音と言ってもいいかな。吹奏楽では、どんな曲でも、チューバが大地みたいに支えるんだから」

目をうるうるさせて、楽器への愛を語る。その、うるうるしたかんじは、二人きりで熱く語っている時の丈助とそっくりだ。幼なじみというのは、こうも似るものなのか。

春名は目頭を拭いてから、一輝の方に向き直った。

「ジョーからちょっと聞いてるよ。あいつ、ふだんは人のことなんて関係ないって顔してるのに、光瀬のことはいつも気にしてるよね。とにかく、光瀬、部活、がんばってるんでしょ。今は光瀬も縁の下の力持ちで、影の支配者だね。支える大地の役だと思えばいいよ」

「あいつ意外とおしゃべりだな。まあ、いいけど。とにかく、何もできなくて、体がなまって仕方ない」

「わかる、わかる。あたしも、1日楽器に触らないだけで、下手になったんじゃないかって不安だもん」

「だから、おれは走る」

「光瀬はダメ！　大滝先生がかけあってくれているのに、光瀬が怪我でもしたら、退部ってことになっちゃうよ」

「でもな、すごく焦る」

春名がうんうんとうなずきながら聞くものだから、一輝はつい本音を出してしまった。丈助から聞いて、もうだいたいのところを知っているらしいから、ゼロから話さずにすむのも助かった。

「左目がただ見えないっていうのじゃなくて、見ようとしたら見えなくなるんだ。すごくイラッとする。それに、右目までひどくなったらどうしようって不安だ」

春名はふっと視線を下げた。

あ、重たいことを言いすぎたかな、と一輝は後悔した。もっとひどくなる可能性なんて、丈助にだって言っていないのだ。

でも、春名はすぐに顔を上げると、真剣なまなざしでこっくりうなずいた。一輝は、ほっとした。

「それは……大変だよねぇ。実は、あたしのいとこがそういう経験をしたことがあるんだ。少しでも力になれるといいいんだけど……」

「おれ、サッカーやりたいんだ。これ以上、見えなくなったら、サッカーどころじゃなくなる。サッカー選手じゃない自分なんて想像できない」

春名は、またこっちを見ながらこっくりうなずいた。

やば。この子、すごく話しやすい。気づいたら、毎晩、不安で眠れないことまで口にしていた。

「効くかどうか分からないサプリなんか飲んで、天井のポスターを見てる。スペインリーグの日本人選手のユニフォームに、肩のストライプが何本あるか数えてみて、ちゃんと見えてるか、つい確かめて……」

「そうなんだ。それは本当につらいよね……。スペインリーグの話は、聞いたことがあるよ。今、若手が二人も活躍してるんでしょ。ジョーと光瀬じゃ、好みが違って……ええっと、ジョーはドリブルがうまい人のファンで、光瀬は――」

「シュート力のあるストライカーだな。体を張ったポストプレイもがんがんやって、前線のターゲットになって、でも、半分以上は、エゴ丸出しのシュートに持っていく選手。うまくて強いからそれができる」

うまくて、強い。それが一輝の憧れるポイントだ。

「ジョーも光瀬も、いつかプロとか日本代表になったりするのかなあ」

「そりゃあ、なればいいけど……」

一輝は途中で口を濁した。

今は憧れの選手のポスターを見て、将来、あんなふうになってやる！というよりも、視力が落ちていないか気にしている状態なのだ。

春名がはっと息を呑んだ。

「ごめん、光瀬。あたし、やっぱり無神経だ」

それから、やや上目遣いに一輝を見た。

「あのさ……気になっているんだけど、光瀬とあたし、ぶつかったよね。というか、ちゅーみんと激突したよね。ひょっとしてあれがきっかけ?」

「いや、そんなことない。あの時、もう症状はあったんだ。自分では気づいていなかっただけで。あの時ぶつかったのって右目の方だったろ。たぶん左目は、その前から悪くなっていた。ぶつかったせいで発症したわけじゃない」

「でも、気になる。話したいことがあったら、いつでも言って。もちろん秘密にするし。あ、ジョーには話すかもしれないけど」

「ああ、ありがとな」

「無茶はだめだよ。学校はともかく、お医者さんの言うことはよく聞くんだよ。あたしのいとこが発症したのも高校生の時だった。その頃、あたしは小さかったから何もできなくて、すごくくやしかった。結局、いとこはいろんなことを乗り越えて、楽しくやってるんだけど、それでも、視覚障がいがあると大変なことがたくさんある。あたしは、近くで見てきたから、少しは分かってる」

話の途中で、はっとして、そのまま頭がフリーズした。

「じゃ、な」と後ろ向きのまま手を振って……結局、その後やはり走った。

シカクショウガイ。

その音のつらなりが胸に突き刺さった。

それって、おれは障がい者ということか。

自分のイメージは、サッカー選手だ。アスリートだ。

障がい者とは、違う！

必ず、またピッチに戻れる。戻る。

そう信じているからこそ、かろうじてやっていけている。

春名がさらりと言った言葉に、びっくりするくらい動揺して、一輝は感情にフタをした。

走らないとどうにかなりそうだった。

校舎からは見えない方向の道をただ無心に走り続けた。

ミニゲームが終わる頃を見計らって練習に戻り、ミーティングをすませると、さっさと帰り支度をした。いつもとは違って丈助を待たずに、一人きりだった。

ブラインドサッカー

一輝の地元の町には、ひとつだけプロのサッカーチームがある。サンダーボルツという名前で、J1とJ2を行ったり来たりしている。つまり、超一流というわけではない。でも、その分、熱狂的なファンが多い。

一輝がまだ幼い頃、よく父さんに連れられて応援に行った。あの時のスタジアムの熱気は、今も忘れられない。

自転車通学すると、練習場の前を通ることになる。手前にはフットサルコートが何面かあるので、プロの練習場は見えない。それでも前を通るたび、小さい頃に感じた熱を思い出して、厳粛な気持ちになる。

学校の外周を走っているのを春名に見咎められた後、とても平静ではいられなかった。一輝は、ふだんは丈助と自転車を押して歩く遊歩道を、かなりのスピードで走り抜けた。

しばらくして、明るい夜間照明と、稲妻マークが入ったマスコットの看板が見えてきた。そこで、きゅっとブレーキを握りしめて、自転車を止めた。

ちょうど看板の向こうのフットサルコートで練習している人たちに気づいたからだ。

ユニフォームを着ていて、それにも稲妻マークが入っている。

サンダーボルツの選手だ。奥の練習場ではなく、表から見えるところで練習しているのは珍しい。

それだけじゃない。

「クマちゃん、ボール行ったよ」

「来てる、来てる！」

「8メートル、45度！」

「5メートル、角度ない！」

「シューッ」

矢継ぎ早に、すごく細かい指示が飛んでいる。ボールも変だ。シャカシャカと音がする。

そして――。

選手たちが、目隠ししている！

あれでどうやってプレイしているんだ。何か特別な練習なんだろうか。

つい集中して見てしまった。

だんだん体が冷えてきて、われに返った。

「ねえ、きみ！」と別の方向から声が聞こえた。

となりのコートから、こちらを見ている男の人がいた。ユニフォームではなくビブスでチーム分けしている。たぶん社会人の草フットサルだ。

「もし時間あるなら入らない？　ちょっと人数、足りないんだ」

「いえ、おれは……」

一輝は躊躇した。学校では運動すら禁じられているのだ。帰宅中にフットサルをするのはどうだろう。でも……。

「ダメかな。もうすぐ仲間が来るから、ほんの10分でも」

「ええ、まあ……」

誘いを断れない。一輝はボールを蹴りたくてうずうずしている。

「怪我明けなんで、接触プレイなしでいいですか」

「もちろん。女性もいるから、もともと接触なしルールだよ」

「じゃあ、やらせてください！」

体がぶつからないなら、部活でボール出しするのと変わらない。怪我をする余地もない。

一輝は心の中で言い訳し、制服のままコートに立った。

「じゃ、ピヴォに入って。相手のゴール前にいてくれればいいから」

「ピヴォ」というのは、フットサル独特の言葉だ。「軸」とか「中心」とかいう意味だと思う。11人制のサッカーでいえばフォワードに当たる。

「オッケーっす。じゃ、いきましょう！」

一輝は自然と大きな声を出した。やっぱり試合はいいなあ、と思う。ポジションもドンピシャで得意なところだ。

ほんの10分だけでも、一輝は心底、楽しんだ。ほとんど動かずにボールをもらい、ワンタッチでディフェンスを剥がしてシュートを打つ。

接触プレイがない分、むしろ、フェイントや俊敏な動きが大事で、一輝はこのところ使うことがなかった技術をひとつひとつ確認していった。相手が、それほどうまい人たちではなかったこともあって、おもしろいように決まった。

プレイイメージと、実際の動きが一致するのは、快感だ。

ザッ、とネットを揺らす音を聞くと、体が熱くなる。

「ありがとね。きみ、うまい、というか、強いね。前線にいてくれると、安心感があったよ」

「やっぱりサッカー部なんだ？　選手権目指してるんだよね。がんばって」

口々に言われてコートを去る時、うっすら汗をかいた一輝は、サッカーっていいよなあと再確認した。偶然とはいえ、フットサルに誘ってもらえてよかった。

また隣の不思議な練習風景が目に入ってきた。

シャカシャカと鳴るボール。やたら細かい指示。わざわざ目隠しをしている選手たち。ドリブルのリズム感が独特で、よくよく見ると両足で交互にタッチしているのだと分かった。

「あれ、なんなんっすかね」と一輝は聞いてみた。

「あ、ブラインドサッカー。視覚障がい者のチームみたいだよ。サンダーボルツの下部組織にそういうのがあるんだって」

高揚した気分が、一気に冷えた。背中に氷でも入れられたみたいだった。

なんでよりによって、こんな時に出会うんだろう。

音楽準備室で、春名から「視覚障がい者のいとこがいる」と聞かされただけで、一輝の心は乱れた。

サッカーは楽しい。プレイしている時の楽しさが永遠に続けばいい。

なのに、目の病気が許さない。部活動は当面禁止になってしまった。でも、サッカーしない自分なんて、自分じゃない。

もしも今の状態から回復できなかったらどうだろう。あるいは、病気が進んで、見えなくなってしまったら？　視覚障がいというのも、自分じゃないみたいだ。これまでの自分とはかけ離れている。おれはそんなのは嫌だ……。

ぐるぐると同じことをくり返し考えた。

力を込めてペダルをこいで、景色が溶けるほどスピードを出した。

しばらく走った後、ふわっと目の前にうす暗い壁ができた。

これまで見えていたものが消えて、のっぺりした半透明の壁になってしまったのだ。

ぶつかる！

あわててブレーキをかけたら、バランスを崩した。

後輪が浮いて、一輝の体は前に投げ飛ばされた。

体は宙を泳いだ。

ああ、壁なんてなかったんだと気づいた。

もしもそんなものがあったら、一輝は激しくぶつかったはずだ。

代わりに地面に叩きつけられた。とっさに受け身を取って、なんとか頭は打たずにすんだ。でも、手は派手にすりむいた。

どくんどくんと心臓が脈打っている。

なんか、今、すごく危なかった。まじで、死ぬかと思った……。

しばらく立ち上がる気力もなく、寝そべって、動悸が収まるのを待った。

地べたから見る空には、ぼんやりした光のしみがあった。

住宅街で街灯が明るいし、星がたくさん見えるわけではない。

じゃあ、あれは何か。

月かもしれないし、街灯かもしれない。照明がついた部屋の窓なのかもしれない。

そういったことすら区別が付かない。すりガラスの箱の中に閉じ込められてしまったみたいだ。

心臓がまた、どくんどくんと高鳴り始めた。すりむいた手の傷も、鼓動に合わせて痛んだ。

スマホをポケットから取り出したけれど、画面がよく見えなかった。持った場所がぬるぬるして、一輝はかなりたくさん血が出ていることに気づいた。

なんとか音声入力で自宅に電話した。

「母さん……おれ、今、どこにいるか分からない」

入院

左目に続いて、右目の視力もいきなりがくんと落ちた。

今では両方とも同じくらいの見え方だ。視野の真ん中が見えにくいのも同じで、だから自転車に乗っていた時に、急に目の前に壁ができたように感じたのだ。

和田先生からは少しでも変化があったら連絡するようにと言われていたので、母さんは大学病院に電話した。

「ただちに入院」というのが結論。

一度は勤務を終えていた和田先生が戻ってきて、てきぱきと看護師さんに指示をした。

「眼底検査《がんていけんさ》ではほとんど正常のように見える。でも、奥にある視神経が炎症を起こしている可能性があるから、きょうは強めの内服をして、明日から点滴を始めよう。必ず効くとは保証できないけど、効く可能性はある。だから、3週間、がまんして」と先生は言った。

「すみません、先生。自転車通学は危ないと言ったのに、本人が納得しなくて」となぜか母さんがあやまった。

「ひどい怪我をしたんだね。無事でよかった。でも、炎症の疑いがある間は、やんちゃをしない方がいいね。しばらくは安静に」

和田先生はしみじみ言った。

「すみません。体を動かさないと不安で……」と一輝もなぜかあやまった。

一輝は、傷パッドを何枚も貼った右手の縁の部分を指先で触れた。迎えに来た母さんが、ちょっと悲鳴を上げたくらいだから、けっこうたくさんの血が流れた。一輝が知らない間に体や服のあちこちを触ってしまっていたこともあって、血みどろに見えたそうだ。

でももう大丈夫。傷口をよく洗って、パッドを貼ったら、出血自体は止まった。そして、傷はそのうちに癒える。

そんなことよりも大変なのは目の方だ。両眼とも悪くなってこのまま元に戻らなかったら、サッカーなんて無理だ。

「とにかく今は安静にしよう。それが大事な時だから。スポーツの話はいずれ落ち着いてから考えていこう。体を動かす方法はいくらだって――」

「先生、一輝は、息子は、治るんでしょうか。治りますよね！」

先生の話を母さんがさえぎった。

「悪化しないように、できることをしていきましょう」

スポーツの話はそれでおしまいになった。一輝自身、それ以上は聞きたくはなかった。今この状態で、さすがに体を動かしたいなんて思わない。動いてもっと悪くなったらどうしようと、不安でいっぱいだ。

眼科病棟は、４人部屋で、一輝のベッドは一番奥だった。同室の人は、みんな、おじいちゃんばっかりだ。眼科病棟だから、当然、目の治療を受けている。

「まだ高校生なのかい。苦労するねぇ」

「気を強く持つんだよ」

「うちの孫と同じくらいなのにかわいそうに」

一人だけ若い一輝は、同室のおじいちゃんたちに同情された。

消灯後、隣の人のいびきでまったく眠れなかった。いや、もともと、午後9時に消灯なんて、眠れるはずがない。

「なんで、おれ、寝てんだろ」

ぼそりとつぶやいたりしつつ、だんだんむしゃくしゃしてきた。何度、寝返りを打っても落ち着かず、足をジタバタさせたいくらいだった。

夜勤の看護師さんがやってきて、「そりゃあ眠れないわよね」と言った。

「睡眠導入剤を処方するように先生に言われているけど、飲む?」

「はい、飲みます」

これまでそんなもの飲んだことなかったせいもあって、がつんと効いた。

一輝は、入院最初の夜を薬の力を借りてなんとかしのいだ。

翌朝すぐに和田先生がやってきて治療の説明をしてくれた。

「ステロイドという炎症を抑える薬をかなり大量に点滴するから。目の神経のまわりに炎症が起きているかもしれないので、それを抑えてやれば、進行が止まるかもしれないという考え方」

詳しいことはよく分からないが、とにかく強烈な炎症止めの薬を入れる。一輝にとって、炎症といえば、試合で激しくぶつかった後に残るあざとか、筋肉痛みたいなものだ。あるいは、花粉症も炎症だろうか。今、一輝の目の奥の方でも炎症が起きているというのは、今ひとつぴんとこなかった。

点滴は、針を刺すのがうまくない看護師さんのせいで何度もチクチク痛い思いをした。でも、一度、点滴のチューブがつながれば、あとはひたすら入ってくるものを受け入れるばかりだ。

ステロイドが入ったパックが1袋終わるのにだいたい3時間くらいかかって、それを3日連続でやる。その後、4日休んで、また3日連続……というふうに続く。1週間でワンクールなので、3クールやってぜんぶで3週間というわけだ。

強い薬だというだけあって、点滴が始まると体がふわふわして気持ちが苛ついた。

「やたら喉が渇く、腹が減る。顔がほてる、指が震える」

その日、放課後に来てくれた丈助と春名に、一輝は症状を訴えた。

「それから、すっげー退屈」と付け加えた。

「野田と佐倉になんか持ってきてもらうように言っておくよ」と春名がメモをした。

「おまえ、見えてるんだよな」

丈助は歯を食いしばって泣きそうな顔をしていた。

「この距離ならぼんやりだが表情まで分かる。今やってる治療で食い止めてちゃんと戻るからな」

「待ってる。おれ、イッキを待ってるから」

「じゃあ、ちゃんと練習しろよ。きょうは、練習、切り上げてきたんだろ。冬休みの裏選手権だってあるんだし」

一輝は丈助の前では強がってしまう。春名が小さくため息をついた。

「裏選手権って、結構、大きな大会なんでしょう?」と春名は聞いた。

「正式な大会じゃないけどな」と一輝。「冬の高校選手権全国大会に出場できなかった関東地方の高校サッカー部が、自主的にやってる。今年、うちは初めて呼ばれたんだ」

この瞬間だけ、一輝は、サッカー部キャプテンだということを思い出した。

都川高校は、これまでに大した実績がないのに、中学で全国経験がある山田先輩や、一輝や丈助ら2年生の活躍で、春のインターハイの県大会も、秋の高校選手権県大会も、ベスト16まで進んだ。「準々々決勝」なので、ほかにも強いところはたくさんあるわけだけれど、印象に残るチームだったらしい。顧問の大滝先生のところに、出場の打診があった。

「すごいねー。あたしたち、吹部は関東も全国も行けなかったけど、後になってそういう誘いなんてありえないし。ジョーは責任重大だね。光瀬が戻るまで、キャプテン代行でしょう」

丈助は唇を噛んで、ただ無言だった。


次の日にやってきた野田と佐倉は、思いっきり笑わせてくれた。

二人とも一輝と同じくらい背が高くて、ただでさえ目立つ。野田にいたっては金髪だ。面会用のデイルームに入ってきた時点でみんながびっくりして注目した。話を始めたらもう漫才だし、「あはは」「わはは」と大声を出しすぎて、看護師さんに叱られた。

「おまえの退屈しのぎに最高にロックな音源を持ってきたぜ」と、野田は一輝用にセレクトした「アッパーなチューン」をスマホに送ってくれた。本当にロックが入っているかと思いきや、アイドルグループが「きみの声が、いつもダイジョウブと教えてくれる♪」と歌うメドレーだった。

一方で、佐倉は、前から読めと言われていたマンガをかしてくれた。小さなコミックとか文庫版ではなく、雑誌サイズのまままとめられたものだった。

「この前、アニメ化された時に出た総集編。秋アニメでは一番の出来だった。2期目があればいいなあ」

タイトルは『スタジアムは宇宙船』。

銀河を渡る恒星間移民船団《こうせいかんいみんせんだん》の中で、最大の娯楽が無重力サッカーだという設定。スタジアム型の宇宙船の中で超人技が炸裂する。無重力だし、サイボーグやロボットが出てくるし、現実のサッカーからはかけ離れているけれど、ぶっ飛び具合が受けて評判になっているのは知っていた。

判型《はんけい》が大きいのは、今の視力でも読みやすいのでありがたい。一輝は、その日のうちに読みきった。すぐに熱中して、いつのまにか「虎の咆哮《ほうこう》」だとか「聖剣《せいけん》」といった荒唐無稽《こうとうむけい》な必殺技を心待ちにしている自分がおかしかった。本当にこんなシュートを打てたら最高だろう。いっそ機械の目でもあればいいのに、と真剣に思ったが、今のところそれは冗談でしかなかった。

さらに次の日にやってきたのは、大滝先生だ。

「まあ、せっかくだからゆっくり休め」と低く渋い声で言った。

「もう体がなまりきってます」

「それでも休め」

「やっぱり焦りしかないッス」

「それはそうだろうな……。ところで、おまえ、サッカー好きか?」

「はあ?」

大滝先生は、時々、禅問答みたいなことを問いかけてくる。この時も、一輝はなぜそんなことを聞かれているのか分からなかった。

「サッカー好きかと聞いている」

「好きですよ。当たり前です」

「ならいい」

謎の言葉を残して大滝先生は帰った。

病室の出入り口で、「お久しぶりです」とあいさつをする声が聞こえた。その後すぐに主治医の和田先生が入ってきたから、大滝先生と和田先生の会話だったのだろう。

なぜ？　大滝先生と、和田先生は、知りあいなのだろうか。二人とも「先生」だけど、分野が違いすぎる。いや、学校健診で眼科のお医者さんが来ることはあるから……。まあ、いい。別に深く追求する話でもない。

最初の1週間は、毎日のように見舞客がいて、そこそこ賑わった。でも、2週目には数が減った。一輝は、そのあたりから、前よりもふさぎ込んだ。薬のせいで苛立ちを強く感じたし、何よりも、治療の効果が実感できなかった。予定の点滴を半分以上やって、まだ効果がないなんておかしい！

ただ退屈で焦る気持ちばかりつのる長い昼間と、睡眠薬を飲んで時間をすっ飛ばすみたいな夜を、一輝はひたすらくり返した。

冬休み

視力の低下を食い止めるための入院治療が終わったのは、クリスマスと大みそかの間だった。当然、学校の終業式もすんでおり、冬休みに入っていた。母さんが車で迎えに来てくれて、直接帰宅した。

自室のベッドに横になった時、一輝は「うっ」と声を出した。

天井のポスターの選手の輪郭すら分かりにくい。入院前は、肩のストライプが何本見えるか毎日確認していたのに、今はそんなレベルじゃない。

「あーあ、ダメだ」とため息をついた。

退院前の診察では、和田先生から「あまり効果がなくても気を落とさないように」と諭された。先生自身が残念そうな口調だった。

実は、入院中のステロイド治療であまり効果がなかったものだから、先生と話し合って、遺伝子検査をすることになった。退院間際に結果が出て、やっと視力が落ちた原因がはっきりした。

有効な治療法が見つかっていない遺伝性の難病だ。おまけに、予後も悪い。

先生は、母さんと父さんまで呼んでじっくり時間をかけて説明をしてくれたけれど、その言葉は一輝の頭をほとんど素通りした。

とにかく、一輝の目は治らない。これから見えづらいままで生きていく。もっと悪くなることもありえる。その事実を受け止めるだけでもいっぱいいっぱいだ。

そもそも遺伝ってなんだ？　一輝は、両親からもらった遺伝子を持っているから一輝なのだし、だとしたらこの病気も一輝の一部なのだろうか。もうそれは運命みたいなものだから、抵抗もできない。

そんなことを考えると、頭の中がごちゃごちゃになった。

かろうじて覚えているのは、ロービジョンケアがどうしたとかリハビリだとかのこと。要するに目が見えづらくても、訓練をすればいろいろなことができるようになるらしい。両親は熱心に聞いていたようだけど、一輝にしてみれば、そこまで考える余裕がなかった。

自分に起こっていることを受け入れられないままだったから、入院を終えて自宅に帰って、部屋に入った時点で、一輝は思わず唸り声をあげた。

部屋の景色がまるで違う。目標にしてきた選手の大事なポスターまで見えなくなってしまった。

「絶対あきらめない」と天井に向けて言ってみた。

この病気でも視力が回復する人はまれにいる。1年2年かけて、また視力が上がってくる人の話は、前にネットで調べて知っていた。でも、多くの場合は、視力は上がらず、悪い時は失明するとも書いてあった。

「おれは、明るく前向きで、いつも太陽みたいに笑っている光瀬一輝だ。これくらいのことで、負けねえ！」

言葉は、あくまでただの言葉だ。自分を激励して、ほんの一瞬、気持ちが上向いても、すぐに底なしの沼に引っ張られる。ベッドの上でじたばたしたら、そのままマットレスの沼に沈んでしまいそうだ。

サッカー部の練習は、年内ずっとやっている。

それどころか、かなり本気の非公式大会、裏選手権にも出ている頃だ。

今の一輝が顔を出しても、できることなんてなくて、邪魔をするだけだと分かっていた。サッカーがとても遠くに感じられた。

大晦日《おおみそか》。いつもは家族で紅白歌合戦を見る。ささやかで平凡な伝統を一輝は破った。

「一輝、始まるよ！」と母さんが呼んでも、一輝は、部屋にとどまった。

三が日も静かなものだった。初詣に誘ってきた父さんには、眠っているふりをして返事しなかった。

〈おーい一輝、新年ライブやるぜ。特別にチケット無料にするから、佐倉と一緒に来い。俺様のギターテクを堪能しやがれ！〉

バンドをやっている野田からメッセージが来た。スマホは字を拡大できるから、一輝にとっては現時点で一番便利なコミュニケーションの道具だった。父さんや母さんが高校生の頃には、スマホどころかまだ携帯電話もなかったというから、今の時代でよかったと思いつつ、なんの慰めにもならなかった。

〈行かない〉と一輝は返した。そのままやり取りは途切れた。

その点、しつこいのは丈助だ。

一輝が返事しようがしまいがおかまいなしに、毎日のように連絡してきた。

丈助が書いてくるのは、ほとんどはサッカーについてだ。特に、年末年始に本大会があるサッカー高校選手権の速報。同世代のライバルたちが出ているわけで、この時期、全国の高校サッカー部員たちは、選手権にくぎづけになる。

〈千原《ちはら》津実業《づじつぎょう》がベスト4だって〉

へえっ、と一輝は、唸り声を上げた。

県内のスポーツ名門校だ。あちこちから優秀な選手が集まるから、全国大会に行くには絶対に倒さなければならない相手だった。

総合力は、間違いなく県内ナンバーワン。でも、攻撃面は一輝たちも負けていないと思っていた。なぜなら、技術的に丈助よりもうまいやつなんてめったにいないから。一輝は中央でどっしりと構えて軸になり、丈助が自由にプレイできる状況を作れば勝機が生まれる。

そんなふうに信じていたのは、いつだったろう。今じゃ、どこか空々しい。

サッカーの話題自体が、空々しいのだから仕方ない。

どうして丈助は、選手権の話題ばかりなんだ。

今は、自分だって裏選手権で試合をしているはずだろうに。気を使われているかと思うと、やりきれない。

それでも、丈助は毎日、律儀に連絡してきて、選手権の準決勝の日には、オンライン配信を一緒に見ようと言い出した。

生配信を見ながら話すのは、本来、すごく盛り上がることのはずだし、実際に盛り上がった。

「うぉーっ」

「うめー」

「いけーっ」

「やったーっ」

とか、ほとんど会話にならないくらいだった。

でも、最初だけだ。

一輝は、やっぱり空々しく感じて、途中から無言になった。

結局、千原津実業はＰＫ戦で負けた。

あれだけ拮抗した試合だったのに、最初の二人のキッカーが続けて外して、そのまま挽回する機会もなく、一気に勝敗が決してしまった。

配信が終わり、イヤフォンからはかすかなノイズだけが伝わってきた。

こういう時って、自分の方が、先に感想とか、言うんだったたっけか……。たぶん、そうだ。試合について思ったことを熱っぽく話し始めるのは、たいてい一輝の方だった。

以前なら、あいつらでも負ける、おれたちは勝てる、と言ったかもしれない。でも、きょうに限っては感想なんてなかった。目標にしてきた強いやつらでも負ける。それだけだ。

「あのさ、イッキ。裏選手権、結構、勝ち進んでる」と丈助が言って、われに返った。

「あ、ああ……」

「連勝した。Aトーナメントに残っててびっくりしてる」

強化目的だから、ある程度試合数が稼げるように、最初はリーグ戦をやって、その結果でトーナメントを作る。Aトーナメントは、強いチーム同士が当たるものだ。

「よかったな。がんばれよ」

もともと全国経験があるような強豪が集まっている裏選手権だから、まだ実績のない都川高校が2連勝したなら、結構、話題になっているはずだ。

でも、詳しく聞くのが怖かった。自分の代わりのフォワードには誰を抜擢《ばってき》したのかとか、どんなゲーム戦術だったのかとか、一切聞かなかった。聞くとみじめになりそうだった。

「競技用のゴーグルとか作るんだろ。あれ、調べてみたけど、結構格好いいのがあるよな。退院したんだから、試合、出れないのか。そうしたら――」

丈助は分かっていない。

一輝の病気は、目の神経そのものの問題だから、いくら眼鏡やゴーグルをつけても見えるようにはならないのだ。

「ジョー!」一輝は、イラッとして大きな声を出した。

「もうおれは、おまえみたいに自由に走れないんだよ」

丈助が息を呑むのが分かった。

「それでも、イッキ、おれは――」

丈助は、絞り出すみたいに訴えた。

「ベンチで声出してくれるだけでもいいから、イッキにいてほしい。それだけで違うんだ。おれも、サッカー部も――」

「丈助は、もうおれに頼るな。自分のことは自分でやれよ。おれはもう両目ともダメなんだ。サッカーなんて無理なんだよ！」

一輝は返事を待たず、耳から引っこ抜いたイヤフォンを壁に投げつけた。

誤解

3学期の始業式から、一輝は学校に出た。

気が進まなかったけれど、大滝先生から電話がかかってきて、新学期はいいタイミングだと諭された。

「光瀬、みんながおまえを待ってるぞ。学校に来い。おまえだってずっと部屋の中にいるわけにはいかんだろう」

大滝先生は、たぶん両親から相談を受けたのだと思う。一輝がほとんど部屋から出ないのを知っていた。

教室に入ると、なぜか拍手をされた。「おかえりー」「待ってたよ！」「光瀬ー、ファイ！オォー」とわけが分からないかけ声がかかった。

一輝にしてみると、教室を見渡しても、視界が限られているわ、もやもやしているわで、誰が誰か分からなかった。ただ、かけてもらった声の中に丈助の声がないのははっきり意識した。年明けに一輝が声を荒らげて通話を切ってから、連絡がない。

「光瀬、あたしのこと、頼っていいからね。席が近いのもなんかの縁だし、なんでも言って」

暑苦しいくらい感情を込めて言うのは、春名だ。一輝のことをすごく気にかけてくれる。

「ありがとな。さっそくだけど、これどうやって使うんだ」

机の上には、何かよく分からない機械が置いてあった。

「読書拡大器《どくしょかくだいき》。教科書を台の上に置いたら、カメラで拡大して見せてくれる。画面はタブレットと同じだから、自由に大きさや位置を変えられる」

「ああ、スマホでやるのと同じか。固定してあって使いやすそうだ」

「そうそう。大滝先生が、教育委員会に言って、借りてもらったらしいよ」

スマホといい、この読書拡大器といい、すごく助かる。おかげで、一輝は、授業中に教科書を読むことができたし、自分のスマホで板書を拡大すれば、授業についていけた。

主治医の和田先生には「視覚支援学校《しかくしえんがっこう》というのがあって、あなたも転校しようと思えばできる」と言われていた。でも、これなら、なんとかなりそうだ。

もちろん、以前と一緒というわけにはいかない。体育は相変わらず休みだったし、サッカー部にはもう顔を出さなかった。すりガラスの壁の中で生活しているみたいな一輝には、みんなとプレイできないだけでなく、練習をリードすることもできない。つまり、キャプテンのつとめを果たせない。足を引っ張るだけなら、部活になんて行かない方がいい。

「おーい、光瀬、どうした。おまえ、背中、丸まってるぞ」

廊下を歩いていると、いきなり言われた。聞き覚えがある声だったが、誰なのか気づくのに時間がかかってしまった。

「山田先輩……」

「おう、裏選手権、調子いいみたいじゃないか」

「は……はい。先輩は、どうっすか」

一輝は、言葉を濁して話題を変えた。たぶん、先輩は、受験で忙しすぎて、一輝の目のことを聞いていない。

「一足早くAO《エーオー》入試の合格が出て、受験から解放されたところ。みんな、これからセンター試験だから遊ぶ相手もいなくて暇だ。車の免許でも取りに行くかな」

車の免許と聞いて、もやっとした感情がわき上がってきた。新学期になってから、一輝は、朝、母さんに送ってもらうことになった。おかげですごく楽なのだが、母さんに無理をかけているみたいで心苦しかった。かといって、自分で運転できるわけでもない。この視力では、運転免許は取れない。一輝は、一生、助手席の人というか、荷物として運んでもらう立場になった。

「おい、光瀬、おまえどうかしたか」

「はい……」

「人と話す時には、目を見て話せよ」

「すみません！」

「そういうの、面接で不利だからな」

山田先輩は、まさに先輩風を吹かせて去っていった。

「光瀬、ちゃんと伝えておいた方がよくない？」

春名の声がした。近くで聞いていたらしい。

「いや、いい。もう会うことも、そんなにないし」

今の一輝は、視線の中心部分が欠けているのが問題で、人と話す時、ちょっと視線をずらして確認する。見るために視線をそらすのはすごく変なことだし、いちいち説明するのは、本当に面倒だった。

結局、みんなが事情を知っているクラスにいるのが一番楽だ。一輝は登校して早々に気づかされた。

もっともクラスでも、以前みたいにおもしろおかしく過ごせるわけではない。まわりのことが見えないから、自分から人に働きかけにくい。話しかけられてもちぐはぐな返事になりがちだ。

何を見るにしても、スマホの画面越しだ。カメラを起動して画面に映るものを拡大する。場合によっては撮影して止めておいて拡大する。どうしてもワンテンポ以上遅れる。

でも、教室にいる限り、みんなとは違う一輝の行動をいぶかしく思うやつはいない。それだけでもずいぶん楽だ。

佐倉がやってきて『スタジアムは宇宙船』のコミック最新刊について話した後、ぼそっと言った。

「一輝な、さっきほかのクラスの女子が、盗撮されてるんじゃないかって騒いでた」

「盗撮って、またおまえか」

佐倉は、不憫なやつで、昔から、電車で痴漢に間違われたりしがちだ。本人もエロ大好きと公言してはばからないが、加害者扱いされるのは大変な体験だったらしく、誤解されそうになるとうろたえる。それだけ怖いなら、ふだんから言動を慎むべきだと一輝は思っていた。もっとも、そういうスキだらけなところが、佐倉のいい部分でもあった。

「それがさ、言いにくいんだけど、一輝がスマホで撮ってるの、おれが黒幕だってことになっているらしい。リアリティありすぎだろ」

佐倉の声はすごく言いにくそうで、申し訳なさそうで、ただならない様子だった。

「おまえ、それって、どういうことだ」

「だからさ……一輝、提案なんだけど、スマホは教室の中だけにしないか。変な誤解をされたら損だぜ。いつも疑惑の目で見られるおれが言うんだから間違いない」

一輝は、なんと返していいのか分からずに喉を詰まらせた。

かーっと顔がほてり、頭が真っ白になった。

「佐倉のバカッ！」と春名が言った。

教室の中にいて、席についていてさえ、こんなふうに鋭い刃が飛んでくる。

一輝は、ただただ教室から出るのが怖くなった。それどころか、自分の席から離れられず、近づいてくる足音にすら体を震わせた。

おせっかい

ほんの3カ月ほど前まで、一輝は太陽だった。部活でも教室でも、熱く、いや、時々、暑苦しいくらいに輝いていた。

部活ではキャプテンとして「明るいサッカー部」を目指していた。一点の曇りもなく熱い光を投げかけようとしてきた。

目のトラブルで調子がおかしくなるまでは、結構、信頼も厚かったと思う。治療で学校を休んだ後ですら、中学からの相棒である丈助は、毎日のように連絡をくれていた。それをイラッとして退けたのは一輝自身だ。丈助は、同じクラスなのに、もう一輝に話しかけてくれない。丈助とすら仲違いしたら、サッカー部にも、サッカー自体にも見放された気分になった。

一方、教室での一輝は、これまでバカをやって雰囲気を盛り上げてきた。明るく暑苦しく、最後は必ず笑いで締める愉快な仲間たちがいた。

三バカは、誰が呼び始めたのか忘れたが、いつのまにか定着していた。サッカーバカの一輝と、アニメバカの佐倉と、音楽バカの野田。

関心が重なる分野はそんなに大きくはなかった。せいぜい佐倉と野田はアニメのサウンドラックについて共通の知識があり、佐倉と一輝はサッカーアニメやコミックについて関心があり、一輝は野田が薦めてくれる音楽がわりと性に合うくらいだった。それくらいでも自然と仲間になったのは、3人ともこだわりが強く、誰にも負けない分野を持っていて、枠にはめられるのが嫌いで……なのに教科の成績は平均以下で、バカに見られるのが嫌いではなかったからだ。むしろバカをやって、明るく楽しくなりたかった。その点、同じサッカーバカでも、教室では一人きりで過ごす丈助とは違うところだった。

3人でやらかしたバカは、日常的なことをいえばきりがない。たとえば……一輝は、朝練の後、一時間目の始まりですでに居眠りしていることが多く、野田と佐倉による「代返の研究」は、2学期には芸術の域に達していた。にもかかわらず大滝先生にはばれていて、一輝は中間試験の後で追試とさらにレポートを書かされた。

学園祭では、佐倉のたっての希望でメイド喫茶をクラスの企画としてゴリ押した。佐倉のこだわりは、女子ではなく、女装した男子が接客する点だ。三バカは率先して女装し、大いにウケを取った。佐倉は慰労会で「女子の気を引きたいおれは、自分で女子になって、一生分の女子を堪能した」と本気で泣いて、かつ鼻血を出した。

修学旅行では、3人以上のグループが申請できる夕食後の外出行動で、野田の路上ライブを盛り上げた。野田が演奏し、一輝と佐倉が最初の観客になって見ていると、いつのまにか人だかりになって最後は警察が来た。何もルールは破らなかったのに、ひどく叱られた。それでも愉快だった。

まあ、そんなことを一緒にやってきた仲間だから、佐倉の「盗撮疑惑事件」は正直こたえた。春名がすごく怒って佐倉もすぐにあやまってくれたから、そこだけの話ですんだけれど、疑惑の目で見られることを意識した瞬間に体が縮こまった。人に誤解を受けがちな佐倉がうろたえた理由が、さっそく分かりすぎるほど分かった。もう自分の席から動きたくなくなった。

これじゃ、病院のベッドでじたばたしながらマットレスの闇に沈みそうになった時と変わらない。真っ黒な箱の中でふわふわ漂うばかりで、箱の外からは嘲《あざけ》るような声が聞こえてくる。

「目が見えないと、何もかもが変わっちまうんだなあ」と一輝は心の中でつぶやいた。

「はたしてそうだろうか」と女子の声がして、一輝はびくんと身構えた。

気持ちがあまりに強くて、つい本当につぶやいてしまったらしい。

「わたしが尊敬する数学者、レオンハルト・オイラーは、若い頃から目が悪かった。後半生は失明した。それでも、数学上の業績には一切関係ない。彼の頭の中には数学の宇宙があった。彼がどれだけのことを成し遂げたか分かるかな。高校数学はオイラーの数学だ。和の記号Σ《シグマ》も、虚数単位i《アイ》も、自然対数の底e《イー》も、オイラーが使ったものが残った。関数を$y=f(x)$という形で書いたのもオイラーだ。微分だってニュートンの幾何学《きかがく》を、オイラーは解析学にかえた。古典力学を完成させたわけだから、高校物理も実はオイラーの物理だ」

うっとりとした口調で、はたして自分に向けられたものなのか一輝は確信が持てなかった。声の主が、数学好きの酒々井だということだけは分かった。

「いやあ、それはどうかなあ」と割り込んできたのは男子の声だ。

「古典力学でも、光学の分野はニュートンの光学が今でも高校の範囲じゃないかな。オイラーは、光が粒子の性質を併せ持つことを絶対に認めなかったそうだしね。光学で思い出したが、ぼくの裸眼視力は0・1もない。光瀬の病気のことで気になって調べたら、視力というのは要するに解像力のことらしいね。ぼくの場合は、水晶体、つまりレンズの屈折異常だから眼鏡で矯正すればいいわけだけど、センサーに問題がある光瀬の場合は、人工網膜や再生医療の発展に期待するしかないわけか。実に難儀だ」

こっちは学年成績1位で医学部志望の松戸。各教科に取りこぼしのないオールラウンダーだ。

酒々井が飛び抜けている数学以外の主要教科はたいてい松戸がクラスナンバーワンで、学年でもだいたいそうだった。

頭越しにひどく高度な会話のやり取りがされて、一輝は目が回った。

と同時に、ほっとした。

二人とも一輝に関心を持って、こんな会話をしているわけだが、ドライだ。同情もしなければ、からかったりもしない。とことん、あっさりしている。

こういう連中が近くで助かった。そういえば……いつもなら学期初めに席替えするのに、今のところ誰も言い出さない。一輝にも、それがありがたい。

ただ、今の席で、一人だけ、春名だけが、あっさりではなく、かなりこってりしたかんじで一輝に話しかけてきた。いつも気にかけてくれてありがたいけれど、時々、厳しいことも言ってくる。

たとえば、英語の授業で、

「おい、光瀬、次、訳してみろ」と言われた時。

読書拡大器を操作すると、微妙に間が持たない。単純に拡大すればいいわけじゃなく、見えている端っこの視界を最大限使えて、かつ見えにくい中心部には文字がかからないくらいの絶妙な大きさを探さなければならない。しばしば時間がかかることがあるので、「さーせん！　どこか分かりません！」とおどけたりする。

みんな笑ってくれて雰囲気がやわらぐから、一輝はそれでいいと思っている。

でも、春名は、逆にピリピリして、授業が終わった後で、説教するのだ。

「光瀬、あんたは、そんなんでウケを取っちゃだめ！」

本気で怒っている口調で、一輝は正直、ビビった。なんでそこまで言われなければならないのかと首をひねるくらいだった。

長い一日が終わり、さあ帰ろうかという時に、春名がいきなり腕をつかんだ。

「光瀬、ちょっと顔かして！　サッカー部出てないなら、吹部をのぞいてみよう！」

「ええっ、どういうことだ」

「いいから。急ぐよ。練習が始まる前にパートリーダーを捕まえるから」

春名は一輝の手を肩に導き、そのままずんずん歩き始めた。このやり方だと、一輝は前を気にする必要がないし、早足で歩ける。

でも、まわりがざわめいた。教室でも、廊下を出てからも。視線が集中するのが分かった。はっきり見えていなくても、ささやきや空気のかんじで分かるのだ。

「よし、ついた。パーカッションは、持ち運びが大変な楽器が多いから、パート練は音楽室。覚えておいて」

一輝の頭の中は、わけが分からず、真っ白だ。

「連れてきたよ、うちのクラスの光瀬。ちょっと試してみてほしいの。パーカスの人手不足の救世主になるかもしれない。リズム感は保証する」

「え、なんで……」

「ね、光瀬。野田がギターを持ってきた時なんか、机を叩いて即興演奏してたでしょう。あの時、あたし、うまいなあって感心してたんだから」

そういうことは……あったかもしれない。でも、とうてい、演奏というレベルじゃなかった。うまいと言われても自分で納得できない。

わけが分からないまま、一輝は春名にスティックを握らされた。叩くように言われた打楽器はスネアといって、パンッと張りのある音がした。

「裏打ち、って分かるよね。リズムの裏を取る。サッカーのプレイで、相手を抜く時、1拍目はフェイクで2拍目で動き出すとかあるじゃない」

「ああ、なんとなく分かる」

メトロノームに合わせて、その裏打ちというのをやってみた。途中からテンポが上がり、それに付いていくと自然と調子が出て体がほてった。

「ねえ、思った通り！　光瀬、リズム感あるし、音のかんじもいいし」

まあ、褒められるとうれしいものだが、春名の意図が分からない。

「だから、光瀬、吹部に入りなよ。スネアだけでも任せられれば、パーカスは楽になるよ！」

何か微妙な空気を一輝は察する。パートリーダーが困っている。視界の端に入ってくる身振りだけでも分かるくらいに。

「あのさ、佐藤。見えなくて、できるもんなのかな……ほら、指揮者とか。スネアが指揮に合わせられないと悲惨なことに……」

「だから、そこはみんなでカバー……」

「そこまでしなくていいって！」

一輝は声を荒らげた。

春名が気にしてくれることで、どんどん自分がみじめになっていく気がしたのだ。

一人で廊下に出て、足早に歩いた。視界がぼやけているから危なっかしい。でも、少しでも早くその場を立ち去りたかった。

「光瀬！」

春名が追いかけてきた。

「あたし、光瀬に居場所を見つけてほしいんだよ。最近の光瀬を見てるとつらい」

振り返ると、息づかいが聞こえるくらい近くに春名はいた。

声のトーンだけでなく、表情がはっきり分かった。

大きな目をうるうるさせて心配されると、一輝までつられてうるっとなりそうだ。

でも、口をついて出たのはまったく別のことだった。

「じゃあ、頼みがある。おれは丈助と話したい。年末にひどいことを言ってしまって、それから話してないんだ」

春名はこっくりとうなずいた。

丈助の活躍

「おお、光瀬、よく来てくれた！」と大滝先生が言った。

日曜日の午後、場所は地元のプロチーム、サンダーボルツの練習場！

練習場とはいっても、簡易スタンドまである本格的なものだ。ここを使わせてもらえるなんて、「裏選手権」とはいっても大したものだ。

自転車通学していた頃、前を通っていたフットサルコートの間を抜けていくと、途中から足元の感覚が変わる。人工芝から、陸上競技場みたいなグリップのあるスポーツ舗装へ。そして、最後は天然芝！　日本の高校生で日常的に天然芝の上でプレイできる選手は限られているから、一輝にとって、天然芝の感触と匂いは心くすぐるものだった。

「観客席でいいのか」と大滝先生は聞いた。

「相手は去年の全国ベスト４、川原国際《かわはらこくさい》高校。厳しい試合になりそうだ。おまえがいれば士気が上がるんだがな」

「でも、おれ、もうキャプテンの仕事やってないし。それに、スタンドからの方が俯瞰《ふかん》できて見やすいです。近すぎるのはどうも……」

「わかった。じゃあ、佐藤、サポート頼む」

「はい！　吹部有志の演奏は、試合前とハーフタイムだけですから、光瀬と一緒に試合を見ます」

学校の教室で、何かと世話を焼いてくれる春名に、結局、一輝はかなり甘えていると思う。丈助への連絡を頼んだのもきっと甘えだが、ほかに頼める人なんていなかった。

その夜すぐに「週末の試合に来てほしいって、ジョーが言ってるよ」と連絡が来た。

試合当日は、春名は家まで迎えに来てくれて、当然のように同行してくれた。本当におせっかいで、泣けてくる。つまり、ありがたい。

「年明けから、ジョーは遠征で忙しかったんだよ。関東の強豪相手だから、東京や埼玉まで行ったり。教室では8割方寝てたし」

「そうだったのか……」

昼間ずっと眠っているって……。もともと教室では気配が薄いやつだけど、そこまでいけば、今の一輝には、いるのかいないのか分からなくなるのは間違いない。

「それにしても、裏選手権、結局、リーグ戦で勝って、Aトーナメントまで来たんだな」

「そうだよね。本家の高校選手権が終わっても、まだやっているのが執念を感じるよ。来年こそってみんな思っているんだよね」

「それ以前に、うちみたいに実績のないとこが呼ばれたこと自体、おれには驚きなんだが」

「参加させてもらえればきっとみんな驚くって、大滝先生がねじ込んだらしいよ。光瀬がキャプテンになった頃のことだから……本当に残念だったよね」

胸がぎゅっとなった。

練習場で大滝先生にあいさつした時、選手たちはピッチに出てウォームアップ中だった。自分がいたはずの場所に、今はよく知らないチームがいる。そんなふうに感じた。先生の提案のように、ベンチで一緒にいるのは辛かった。

スタンドで席を確保すると、春名はまず吹部がいる一角に行ってしまった。

すぐに演奏が聞こえてきた。都川高校の校友歌。なぜか、校歌よりもよく演奏されるので、こっちが校歌だと勘違いしている生徒もいるくらいだ。歯切れのよい低音がキモで、スポーツの応援なんかには絶対に向いている。そして、その低音の中には、春名が出す音も混ざっているのだ。

春名は、自分のパートのことを「大地みたいに支える」と言っていたっけ。でも、一輝が選手としてピッチに立っていた頃、この低音のフレーズを聞くと、むしろ、浮き上がるような興奮を覚えていた。自分が立っている地面ごと持ち上がるような感覚だった。

その時のことを思い出すと、うずうずして腰が浮いた。

「よっ」と肩を叩かれた。背の高い男子が隣に座った。

「スマホで見るんだろ」と言う声は、野田だ。

一輝は、手にスマホを持ちながら、まだカメラを起動していなかった。

「おまえ、どうしてここに?」

「佐藤から聞いた。暇だったし、来ちゃまずいか」

「いや。悪いな。気を使わせているみたいで」

「盗撮疑惑につながるからスマホ使うなって佐倉が言ったんだって? あいつ思ってた以上のアホだ。技術ってのは使うためにある。じゃないと音楽だって進化しなかった」

野田は持ってきた荷物をごそごそとやって、棒のようなものを立てた。

「なんだそれ」

「マイクスタンド。別に三脚でもいい。ここにスマホやタブレットをマウントしておけば、ずっと持ってる必要がなくて楽だろう」

野田は、一輝のスマホを取り上げて、マイクスタンドの上のホルダーに取りつけた。野田のスマホもその上に重ねづけした。広い絵とアップの絵を同時に出しておける。ホルダーは可動域が広くて、見ていたい選手を追いかけるのも簡単だった。

「おれ、うちが町工場だから、こういう工作は得意だ。将来的には、頭に取りつけるヘッドマウント型を試してみたいね。その時はモデルになってくれ」

野田は演奏の腕前も含めてなんでも器用だが、元はといえば小さい頃から物作りができる環境だったと聞いていた。

試合が始まる直前、春名が戻ってきたので、二人に挟まれて観戦することになった。

こっちからのキックオフ。いったんボールを後ろに戻す。

ボールを持ったのは、ディフェンスの要である舘山だ。きょうはセンターバックではなく、攻撃の舵取りも同時にこなすセンターハーフらしい。

「丈助、使っていこう！　右前スペース！」

ゴールキーパーの里見の声がきびきびと響いた。以前はちょっと要領を得ない指示が多かったが、かなりよくなっている。やっぱり、がんばってるなあと思う。

舘山が右斜め前に蹴った長いボールは、丈助が走りながら受ける絶好のパスになった。

よし！　いいぞ！　一輝は手を握りしめた。

最初に、チーム最大の武器を見せるのは、一輝も大賛成だ。どうせ出し惜しみなんてしていられない。

丈助は鋭いドリブルで二人かわしてから、寄せてきた二人のディフェンダーの体の間から、ミドルシュートを蹴り込んだ。

ゴールキーパーがすごい跳躍力でキャッチしたけれど、みんなが得点を予感した瞬間だった。

もっとも最初のこの一撃の後はひたすら攻め込まれ、舘山や里見がなんとか止め続ける展開になった。相手の川原国際は、やはり格上のチームだ。

それがはっきり分かるのは、たとえば、攻守の切り替え。ルーズボールを舘山が拾って、こっちのチャンス！と思った時にはもう、自陣に戻って守備の陣形を固めている。舘山が前線にボールを送ろうにも、すでに出し所がないような状況だ。

おい、なんとかがんばれ！　必死に走るチームメイトの姿を見ると、一輝は自然と熱くなった。

この対戦相手を崩すためには何が必要だろう。すごく統制がとれた守備だから、のんびりやっていたら網にかかってボールを失う。打開策は何か。丈助をもっと活かすにはどうすればいいか。いつのまにか、一輝は自分も試合の中にいるみたいに考え始めた。

　一輝は、試合の中でアイデアを思いつく傾向がある。たぶん、実際にゲームの流れの中にいる時は、最高に集中している時でもあって、ひらめきやすいのだと思う。だから、この試合でも、熱中して選手になったつもりで思いを巡らせると、試してみたいアイデアがいくつも頭に浮かんできた。

　自然と足が動く。とんとんとリズムを取って、ディフェンスを抜くタイミングを計る。問題は、一輝がピッチにいないことだ。

「ああ、うまいな、あいつ！」

　思わず声を出した。ピッチの中で、一輝と同じプレイイメージでボールをさばく小柄な選手がいた。

　拡大用のスマホ画面をさらに拡大して、一輝は息を呑んだ。

「丈助……なんであんな場所に」

「ジョーは、光瀬がいなくなってからあのポジションだよ。イッキの穴は自分が埋めるって、志願したの」と春名。

「まじかよ！」

　最前線の真ん中だ。

最初はややサイドに開いてドリブルで切り込むプレイを見せたのに、今は真ん中でターゲットになって、体を張ってボールをキープしている。小柄な丈助には難度が高い。でも、体をうまく使って、ボールに触れさせない。反転した瞬間にディフェンスを2枚同時に剥がし、シュートに持ち込んだ時には、ぞわっと総毛立った。

一輝が知らない丈助だった。

いや、一輝が知らないチームだった。

自分がいないサッカー部が、今、強い光を放っていた。太陽はあそこにある。自分はもう輝けない。

いくら熱中して、試合の中にいる気持ちになっても、しょせん、ここはスタンドなのだ。遠い。

とんでもなく遠い。

一輝は、もうあの光り輝く場所には戻れない。

ぼろぼろと涙があふれてきた。

都川高校のゴールが決まった。

両わきにいる春名と野田が、立ち上がってジャンプした。

でも、一輝はうなだれたままだった。
歓声の中、誰も気づかないのをいいことに嗚咽《おえつ》した。

「前半すごかったね！　ジョー、張りきってる。光瀬と一緒に見られてよかったよ！　じゃ、あたし、演奏してくるね」

春名は、スタンドが揺れるほどの勢いで、違うサイドにいる吹部有志の方に走っていった。

足音が遠ざかるのを、一輝は心細く感じた。春名になら、胸の奥からわき上がってくるもやもやしたかんじを言える気がする。おせっかいなくらい一輝のことを考えてくれるし、それなのに変に気を使ったりもしないから楽だ。吹部のパーカッションの件だって、あの後一輝がはっきり言ったらすぐに引いて、「あたしおせっかいすぎるね。ごめん」とあやまった。結果的に、一輝は素直にうれしかった。

今、一輝が丈助の活躍をよろこべないでいることを伝えたら、なんと言うだろうか。

「おい、一輝」と隣に残った野田の声がした。

「おう」

そういえば野田も、淡々と接してくれるうちの一人だ。ありがたい話だ。

「前半1点取って折り返しってすごいよなあ。相手、強いんだろ」

「ああ、ものすごく強い。でも、試合はまだこれからだ。きっと後半は最初から本気を出してくる。前半、無失点で終えたのは大きいけど、後半の立ち上がりは特に注意だな」

ちょうど吹部の演奏が始まった。また例の校友歌だ。春名はきょうは重たいチューバではなく、立って演奏できるスーザフォンというのを吹くと言っていた。低音のフレーズを聴きながら、一輝はその音色を自分への応援だと思おうとした。選手たちに向けられた演奏だと分かっていても、その力をほんの少しでも分けてもらいたい……。

「結局、佐藤って、丈助一筋で、微笑ましいよなあ」

野田がしみじみと言って、一輝は思わず体を固くした。

「あの二人、幼なじみなんだろ。マンガみたいなカップルじゃね」

「そうだよな」

と返しつつ、一輝は野田の言葉の意味を全然、受け止められなかった。

マンガみたいなカップル。

それ、なんだ？　ただの幼なじみだよな。野田はいったい何を言いたいんだか……。

頭が拒否しても、染み込んでくるものがある。舌がカラカラに乾いて、ぎゅっと筋肉がこわばり、歯がガチガチ鳴った。ちょっとでも外から力を込めるだけで、心と体が張り裂けそうだった。

いったいなぜ？　二人がカップルでも、別にいいじゃないか。

もちろん、丈助がそれを教えてくれなかったのだとしたらあんまりだ。水くさいにもほどがある。

それだけじゃない。一輝はこのところ春名のおせっかいに救われてきたから、そっちの痛みもある。でも、こんなに痛いのはなぜだろう。

「じゃ、おれも、演奏に入れてもらってくるわ。リズム隊、薄そうだから、なんかパーカス、叩かせてもらおっと。ちょっと待っててくれよな」

野田が行ってしまうと、一輝は一人きりだった。

さっきまで力をくれるように思った演奏もよそよそしく、ここはお前の居場所じゃないと言っているように聞こえた。

一輝は、ぼーっとしたまま立ち上がった。そして、手すりをたぐりながらよろよろとスタンドを下りた。吹部の演奏から遠ざかる方向へと、とにかく歩いた。

早く帰ろう。道路まで出れば、バス停がある。家の近くまで行ける。

少し進んで頭を抱えた。スマホをスタンドに忘れてきてしまった。足元は見えても、ちょっと先は闇と同じだ。バス停どころか、自分がどこにいるのかも分からない！

本当に、少し前とは違う世界に、一輝はいる。まわりのみんなに同情されながら、たまに自虐ネタで笑いを取る「痛い」やつだ。

みじめだ。丈助は「お前なんか必要ない」とプレイで示した。もう春名に頼ってはいけないこともわかった。まだ聞こえてくる演奏がぐさりと胸を刺す。一輝は、いっそ空気になってしまいたかった。

とにかくスタンドから遠ざかる方へとひたすら歩き、たまたま見つけたベンチに座り込んだ。大した距離ではないし、まだ敷地の外には出ていない。足元がスポーツ舗装になっている区画だ。

神経がすり減って、もう一歩も動きたくなかった。

「ねえ、そこのきみ！」

ずっとうつむいていると、女の人の声に呼びかけられた。

「そんなとこにいると冷えちゃうよ。もしかして、体験会？　だったら、もうすぐ始まるから」

え、体験会って？

謎の言葉だが、それより、自分がいくら空気になりたいと思っても、人からはしっかりと見られていることにぞくっとした。

意識した瞬間に、見えない視線があちこちから突き刺さった。

「あ、その上着、都川……大滝先生の生徒さん?」

一輝は返事ができなかった。あまりにも意外すぎた。ウィンドブレーカーの高校名はともかく、どうして先生を知っているのか。

「とにかくもうすぐ集合だから。さあ、行こう。手を出して」

促されて立ち上がり、女の人の肩に手を置いた。

これは、春名が吹部に一輝を連れていく時にやったのと同じ方法だ。あの時は、自分でまわりに注意する必要がなかったから、すいすい歩けた。春名がどうして思いついたのか不思議に思ったけれど、割と普通にやることなのかもしれない。

いや、そういった問題じゃなくて……。

この女の人、おれが見えていないとなぜ分かるんだ! ただ座っていただけなのに、そんなに簡単に見やぶられるものだろうか。自分は、誰の目にもはっきり分かるような「見えない人」なのだろうか。

女の人は有無を言わさずに進み、一輝もそれに従った。自分の意志というより、思考停止してしまって、ただ引っ張られるがままに進んだだけだ。

足元の感触が人工芝になった。道路からも見えるフットサルコートだろう。

シャカシャカとパーカッションを鳴らしているような音が聞こえてきた。これはどこかで聞き覚えのある……。

「まず感触を確かめてみて」

手渡されたのは、サッカーボールだった。ただし、ふだん使っている5号球より小さなサイズで、ずっしり重い。フットサルボールみたいだ。ここはフットサル場なのだから、当然といえば当然だった。

振ると金属の音がした。これがシャカシャカ音の源だと分かる。

「音を聞き取るのが肝心。サッカー経験者なら、上達は早いと思う。うん、すぐに試合に出られるよ、きっと」

「おれ、視力が落ちて、サッカーできないんですよ」

「だからブラインドサッカーの体験会に来たんでしょう?」

はっと息を呑んだ。

一輝は、入院前、このフットサル場で、目隠しした人たちがサッカーをしているのを見た。

まさにあれだ。

「目が見えない人のサッカー？」

「うん、キーパーだけは見える人がやるけどね。あとゴール裏にはゴールの位置を知らせるガイドがいて……」

やっときょうここに呼び出された本当の意味がじんわり分かってきた。

たまたま自分でたどりついてしまったけれど、きっと試合終了後、もう一輝はサッカー部に必要ないと分からせた上で、ここに連れてくるつもりだったんだ。

丈助も大滝先生もグルだ。とすると春名もだ。

みんなでこそこそ相談して勝手に決めてしまうなんてひどい。ひどすぎる。

「おれ、興味ないんで」

びしっと言って、一輝は背を向けた。そして、あまり見えていないのに、逃げ出すみたいに走り出した。

「あ、そっちサイドフェンス！」

女の人があわてた声で追いかけてきた。

ドンと衝撃を感じた。腰くらいまでの高さの壁だった。フットサル場にこんな物があるなんて想像していなかった。

「ブラサカでは、サイドラインにフェンスを立ててボールが跳ね返るようにするから……」

「すみません。ちゃんと気を付けて帰りますから」

一輝は今度は慎重に足元を見ながら、それでもできるだけ早足で歩み去った。

大滝先生の訪問

一輝はもうサッカー部に必要な選手ではない。大滝先生や丈助や春名は、一緒になって、一輝をブラインドサッカーの体験会に参加させようとした。

なんだかもやもやして苛ついて、夕食の時、母さんに当たってしまった。

「おれなんか、産まなきゃよかったのに」

「そんなこと言わないで」と母さんは泣いた。

一輝が患っているのは、母方からだけ伝わる遺伝性の病気だ。母さんは自分に責任があると思っている。分かっていて言ってしまった。

「だってそうだろ。お腹にいる時に遺伝子検査でもなんでもやっておけばよかったのに。生まれた時から分かってればもうちょっと気を付けられたよね」

「一輝、やめなさい！」と父さんが声を荒らげた。

「でも、おれ、生きてる意味ないよ」

「そんなことない。母さんはあなたが生きていてくれさえすれば……」

「嘘つき！　ずっと輝く人になれって言っていたくせに！」

母さんは、はっとして黙り込んだ。

父さんが腰を浮かせて、椅子ががたんと倒れる音がした。

「それは違うぞ、一輝。ひどいことを言うんじゃない！」

一輝は答えずに、ただ顔をそむけた。

今の一輝の場合、その方が視界の端で相手の動きが分かりやすいのが皮肉だ。

なんで二人ともおろおろしてるんだろう。自分たちが正しいと思うなら、堂々としていればいいのに。

とにかく母さんも父さんも嘘つきだ。

ずっと一輝に期待してきて、一輝もそれに応えようと努力してきた。それが何を今になって「生きていてくれさえすれば」だ！　本当はこんな息子にがっかりしているに決まってる。

「今のおれは、ただ生きているだけだから。なんの希望もないから。いったい何をしたっていうんだよ。なんか、おれ悪いことしたかよ。こんなのありえないよ」

もわっとした思いが腹の底からせり上がり、喉元まで突き上げた。頭の中が白く爆発した。

気が付いたら、一輝は食卓を蹴飛ばしていた。

皿も食べ物も飛び散って、すごい音がした。

「一輝！」

父さんと母さんが口々に叫んだ。ひきつった声だった。

最低の気分だ。

なのに自分を止められなかった。

それどころか、まだ物足りなかった。何もかもめちゃくちゃにしてしまいたかった。

一輝はあやまるかわりに、部屋に逃げ帰った。

ノートの切れ端に「話しかけるな」と書いてドアの外に貼りつけた。

声を聞いただけでもっと暴力を振るってしまいそうで怖かった。

でも、なんでこんなにひどいことが自分に起こるのか、猛烈に腹が立ってならなかった。

自分が悪いんじゃない。でも親のせいでもない。誰のせいでもない。だから、物に当たるしかなかった。

一輝はベッドの上で身をよじらせて、眠れない夜を過ごした。

一人きりだった。真っ暗闇の中で一人きりだった。

ガチガチと歯を鳴らしながら、震えていた。

いつ眠ったのかも、いつ目覚めたのかも分からなかった。

ただ夜が明けて、窓がまぶしくなって、また暗くなった。

お腹が空いたら、ドアを開けて、母さんが置いてくれたらしい食事を流し込んだ。味なんてしなかった。

時間の感覚が薄くなって、その後、しばらく記憶が曖昧だ。

大寒波が来て、何十年かぶりの大雪が降っても、一輝には関係なかった。目をさましている時間の9割方、部屋にこもって、ベッドに寝転がっているだけだったから。

とにかく寝て、食べて、スマホで音楽を聴いて、愛だの夢だのを語る歌詞にうんざりして、そのうち意味の分からない英語の曲を選び、それもむなしくなって聴かなくなった。楽しみなんて何もなかった。

家族が寝静まった深夜、鏡に顔を寄せてみて、どきっとした。髪がボサボサで、ひげも乱雑に生え、目が落ちくぼみ、それなのに輪郭はふっくらしていた。お腹を触ると、ぷよっと柔らかかった。

こうやって、一輝は別の人になっていく。それもダメなやつに。生きている価値なんて、本当にない！

　スマホのアプリには、最初はたくさんメッセージが入っていた。「おーい」とか「どうしてる」とか「イッキー！」とか。でも、放置した。すると、案の定だんだん来なくなった。それでよかった。こうやって忘れられていけばいい。どうせ学校に行ったって気を使わせるだけだし、外に出たらみんなの邪魔だし、家にいるのが一番だ。家なら、母さんが一応、食事を出してくれて……ああ！　ダメだ。おれ、何の役にも立っていない！　なんの価値もないやつだ。

　だから一輝は、できるだけぼんやり過ごすことに決めた。一日の始まりも終わりも分からなくていい。むしろ、宇宙空間をただようように、昼も夜もないのっぺらぼうな時間の中で、薄く引き伸ばされて消えてしまえばいい。強く強く願った。


　母さんの声を久しぶりに聞いたのは、夢の中だった。

　一輝はまだ小さくて、母さんに叱られていた。きっと何かいたずらをしたのだ。

　母さんは、すごくしつこく一輝を責めたてた。あまりにしつこくて……一輝は夢ではないと気づいた。

　窓が明るい。朝だ。このところ、朝に目をさますなんてなかった。母さんが、さっきからずっと一輝を起こそうと呼び続けているのだった。

「一輝！　起きなさい」

母さんは、部屋まで入ってきて、荒っぽく体を揺らした。

「起きなさい！　先生よ。大滝先生が来てくださったのよ！」

「なに……先生って？」

最初は何を言われているのか分からなかった。

でも、すぐにぎゅっと下唇を噛んだ。

会いたくなかった。学校に関することは何もかも忘れたかった。

「帰ってもらって」

一輝はベッドの中で丸まった。

「だめ！」

母さんはふとんを引き剥がした。

「一輝、先生が、リビングでお待ちです。すぐに来なさい」

すごい迫力だった。ついこの前、一輝に責められて、涙を流した母さんとは別人だった。

「5分以内に着替えてくること！」

一輝はしぶしぶ着替えた。

先生とは、いつかは会わなきゃならないと、理屈では分かっていた。このままずっと欠席し続けるわけにはいかないし、今後、どうするか決めなければならない。

「もしも視力のせいで今の学校に行くのが大変なら、視覚支援学校に転校することもできる」と主治医の和田先生が言っていた。きっと大滝先生はそんなことも話すのだろう。

重たい足取りで階段を下りて、リビングに向かった。

「久しぶりだな、光瀬。思ったより元気そうじゃないか！」

大滝先生はソファでくつろいだ声を出した。

「ええ、まあ……」

食って寝ているだけだから、体は元気だ。でも、心は全然元気じゃない。

「学校じゃ、みんな心配している。近々、出てこないか」

一輝はうつむいた。学校に行くと、丈助や春名に会わなきゃならない。そもそも、先生だって一輝をだますみたいなことをした。なんでこんなにリラックスしてしゃべっているのか意味不明だ。

「そうだよな」と大滝先生。

「たしかに、今の光瀬にとってはきびしいことがいっぱいあるだろう。でもな――」

ひげをなでる動作がぼんやり伝わってきた。

一輝は身構えた。きっと、転校の話だ。今のまま登校するのは難しいけれど、転校も不安でしかない。一輝は自分がどうしたいのか分からない。

「光瀬、おまえ、サッカー好きか?」

「は?」と聞き返した。

「病室でも聞いたよな。サッカーは好きか?」

一輝は今度は「はい」と言えなかった。自分でもよく分からなくなっていた。

「ノーではないな。じゃあ、ちょっと散歩しようか」

先生は返事を待たず立ち上がった。

佐藤さん？


大滝先生は、「いいから、いいから」と家の玄関に向かう。

「先生、おれはよくないです」と一輝が言っても聞いてくれない。

「外に出ると、気分が変わるぞ」

「いや、だから、おれは……」

外になんて出たくない。出たくないから引きこもっていた。

なのに、結局、外に出る羽目になった。

最初の一歩で、明るさに驚いてくらくらした。

空気は冷たいけれど、日差しは暖かい。その感覚は、意外と心地よかった。

一輝は、とりあえずは先生に反論するのをやめた。

「さあ、近くの公園まで行こう」

「ちょ、ちょっと」

「あれ、光瀬、おまえは運動神経バッグンだよな。これくらいで音を上げるか。大丈夫、迷わずに歩け」

言われるまま、歩くことだけに集中した。雑念があると転びそうだ。

先生が向かったのは、一輝が子どもの頃からよくボールを蹴っていた公園だった。本当にすぐ近くだ。

「おーっ、いい天気だ」と先生は大きく伸びをした。やはりリラックスしまくりだ。

「小さい子がいるなあ。ミニサッカーは、なんとも微笑ましい」

一輝も賑やかな声には気づいていた。でも、聞かないように努力した。ミニサッカーとはいえうらやましいし、歓声の背後になぜか心ざわつかせる別の音が混ざっている気がした。

「先生、なんで公園なんですか」

「いやね、わたしの前任校は、視覚障がいの特別支援学校なんだ。中途失明で転校してくる子をたくさん見てきた」

一輝はぎゅっと身構えた。

先生の前職のことは、聞いたことがあった気がする。でも、すっかり忘れていた。だいたいその時には、自分とは縁のない世界だと思っていた。

「おれも、転校しろってことですか」

「まあ、一度、見学に行くのもいい」

やっぱりだ。先生は物分かりのいいふりをして、誘導しようとしている。

「ブラインドサッカーのチームの人が、おれのことを知ってました。びっくりしました」

「前の職場の卒業生にブラインドサッカーの選手がいる。ボルツのブラサカチームにも知りあいが多い」

「だからって、ぺらぺらしゃべりますかね。おれの気持ちなんて聞かないで、勝手に進めていたってわけですよね！」

思わず語気が荒くなった。一輝は自分の感情をコントロールできない。

「まあまあ、怒るのも仕方ないが、あれは手違いだ」

「よく分かりませんけど、先生はおれにやらせたいわけでしょう」

「うーん」と先生は唸った。

「まずは誤解を解いておきたい。こればかりは、直接、話してもらおう。佐藤、そろそろこっちに来てくれ」

佐藤？

一輝は、どくんと心臓が飛び跳ねるのを感じた。

佐藤春名が来ているのだろうか。

それは困る。正直、今、あまり会いたくない。

すごく親切で、親身で、つい頼ってしまっていた。今まで特定の女子にドキドキしたことはなかった一輝が、初めて意識してしまったのが春名だ。でも、春名は単に一輝に同情していただけだった。

「えーっ、おじさん、行っちゃうの？」「もっとやろうよ」

子どもたちの声が聞こえてきた。

おじさん？　何それ？

一輝はそっちの方を見たけれど、誰がいるのかさっぱり分からなかった。

「ああ、またやろな！」と男の人の声が返事をした。

「さあさあ、佐藤、こっち座れ」と大滝先生が、ベンチの隣を空けた。

「紹介する。わたしの元生徒で、今は視覚支援学校で音楽を教えている佐藤夏生《さとうなつお》だ。ブラインドサッカーの選手でもある」

「よろしく。いとこの春名から、光瀬くんのことは聞いとったよ。ぼくは高校生の時の中途失明やから、いろいろ対処の仕方とか分かるやろって相談されて」

ああ……春名のいとこ！　話は聞いていた。それが、大滝先生の教え子だったなんて。なぜかお笑い番組から飛び出してきたみたいな関西弁をしゃべる。

差し出された大きな手を握ると、がしっと強い握手になった。今まで運動していた体の熱が伝わってきた。いとこの春名は華奢《きゃしゃ》なのに、筋肉がぎゅっと詰まった柔道家みたいな体つきだ。

「失明って……今、サッカーしてましたよね」

「ブラサカのボールやけどね」

佐藤さんは持っているボールを振って、シャカシャカと鳴らした。子どもたちの歓声の中からかすかに聞こえて、気になっていたのはこの音だ！

「サンダーボルツ・サイドB、つまり、うちのチームのスタッフが話しかけたら、帰ってしもたんやて？　いきなりで面食らったんやろな。ぼくが大滝先生からも、春名からも聞いとったもんやから、ついチームメイトに話してしまってて、ごめんな」

一輝は、混乱した。

自分はすごい勘違いをしていたのではないだろうか……。それでも、大滝先生がぺらぺらとしゃべったことは間違いなさそうだ。それを言うなら、春名もだ。

「実際のとこな、光瀬くんがブラサカに関心あってもなくても、関係ないと思うんよ。でも、ぼくはなんかの役には立てるはずや。やっぱり高校生の時に見えんようになった人には、その年代なりの独特の苦労があるし。これな、ほんま、時期によって何が問題になるのかって、ぜんぜん違うから」

佐藤さんは大きな声で笑った。真夏の風みたいに暑苦しく、その暑苦しささえ吹き飛ばす豪快な笑い方だった。

ナツオさんの話

「ぼくの場合、高1で急に発症して、がくんと視力が落ちた。以来、サイドBの世界やな」

ナツオさんこと、佐藤夏生さんが漫才風の関西弁で言った。ナツオさんは、小さい頃、関西の何ヶ所かに住んだことがあるそうだ。それで「いろいろ交じった変な関西弁」を話すようになった。

「光瀬くんも、もう分かっとると思うけど、見えへんのにもいろんな個性がある。まったく光を感じへん人もおれば、ぼくみたいに明暗は分かる人、つまり、光覚弁《こうかくべん》の人もおる。全盲と弱視の間もきっぱり分かれとるわけやない。視野が狭かったり、まぶしかったり、別の要素もある」

光覚弁というのは難しい言葉だが、主治医の和田先生が言っていたのを思い出した。光を感じて明暗を識別できるのは、光覚弁。顔の前で手を動かせば分かるのが、手動弁《しゅどうべん》。指を数えられるのが、指数弁《しすうべん》。

要するに目の前の指や手が弁別できるか、みたいな意味だ。ほかにもいろいろな基準があって、視覚障がいの等級が変わる。

「ぼくの場合はぎりぎり全盲に入る。光瀬くんの場合は、眼鏡をかけても視力が上がらない弱視、いわゆるロービジョンの状態やろ。特に視野の真ん中が欠けるのは難儀やな。一番見たい物が、一番見にくくなる」

さすがに、悩みを分かってくれる。真正面が見えにくいから、視線をずらして視野の端で見る癖がつく。でも、そうすると「人の目を見て話せ！」とか言われてしまう。一人でいる時でも視線が不自然になりがちだから、知らない人にとっては不審者だ。いちいち説明しないといけないのは苦痛だから、最初から分かってくれる人は貴重だ。

おまけにナツオさんの声は大きくて温かかった。いとこの春名と同じように親身で親切な雰囲気が染み出している。

「ブラインドサッカーって……サッカーなんですか」

一輝はぼそっと聞いた。ひどく不機嫌なかんじになってしまった。

「サッカーかって……」

ナツオさんは考え込むみたいな声で言ってから、がはは、と豪快に笑った。

「そりゃあサッカーやろ。光瀬くん、おもろいこと聞くなあ。まあ、それって、フットサルがサッカーかっていうのと似た質問ちゃう？　ブラサカのフィールドはフットサルと同じ大きさやし、5人制やし、そもそも、手をつこたらファウルやし」

手を使ったらファウルって……。たしかにサッカーはそういうルールだが、そこが同じならサッカーなんだろうか。やはり疑問は疑問のままだ。

「サイドBってなんですか。変わったチーム名ですよね」

「昔のアナログレコード、知っとる？」

「はい、友だちが持ってます」

野田の自宅には、20世紀の音源がたくさんある。おやじさんの趣味だそうだ。アナログレコードにはA面とB面があって、前半を聞いたらひっくり返さなきゃならない面倒なメディアだ。

「サンダーボルツがブラサカのチームを作る時、もう一つのサッカーやと強調したくて付けたんちゃうかな。あとブラサカのBをかけてる」

「ああ……そういうことですか」

「スポーツは、ルールの中で楽しむもんやろ。バスケは3歩までしか歩けへんし、サッカーは手を使えへん。ブラサカは、手だけやなくて、視覚も使わんルール。単に障がい者スポーツってわけやない。実際、サイドBには、見えるのに目隠しして参加しとる選手もおるよ。ぼくにとっては、自分の判断で全力で走れるのがうれしい競技やな」

結局、一輝はブラサカに誘われているみたいだ。

大滝先生の目論見《もくろみ》は、そこだと思う。

でも、前ほどは嫌ではなかった。

たぶん、それは、ナツオさんが、暑苦しいくらい明るいからだ。

失明と聞いて想像する「暗闇」とは反対に「光」を感じさせる人だから。少なくとも、ここしばらく引きこもっていた一輝より、ずっと明るい場所にいる。

「ルールが違うってことは、サッカーとは別競技ってことですよね。おれが好きなのはサッカーなんで」

一輝はそう言いながら、ますます自分が暗いところに落ち込んでいくように感じた。

「うん、まあそれは分かるわ。で、ちょっとやってみよか」

え?と思ううちに、ナツオさんは立ち上がり、シャカシャカいうボールを一輝の膝の上に落とした。

「光瀬くん、目を閉じて蹴ってみ。ぼくはそれを拾って、返すから」

「え……はい」

一輝は言われるままに立ち上がり、ボールを地面に落とした。

足裏で確認すると、シャッと音がした。

さらに揺らしてみると、今度は、シャカシャカと小気味よいリズムで鳴った。

すーっと意識が集中した。

足元にボールがあって、それがほどよいサイズなら……蹴る。

サッカー選手の本能だ。

蹴った瞬間に、ジャッと芯のある音が聞こえてきた。快感ですらあった。

ナツオさんが走る足音。

かなり見当違いの方向に転がってしまったのだろう。

でも、ナツオさんはボールを止めたらしい。

すぐにズジャッと重たい音が返ってきた。

強いボールが来る！

音を頼りに足を出した。あわてて、バランスを崩した。伸ばした方の足ではなく、軸足にボールが当たった。やっぱり耳で聞くだけでは、場所はちゃんと分からない。

跳ね返ったボールをまたナツオさんが拾って、今度は優しいシャッという音で一輝に返した。

ボールがすーっと足に吸いつくみたいに止まった。

「おお、止めた？　光瀬くん、止めた？」

「はい。なんとか」

止めたというよりは、パスがぴったりで、たまたま止まったというのが正しい。

それにしても、ナツオさんはとてもうれしそうだ。なんで、そんなによろこぶのか分からなかった。

「いやあ、よう止めたな。ブラサカの最初の関門は、ボールを蹴ることやのうて止めること。光瀬くんセンスあるわ」

「そうっすか……」

「じゃ、次のレッスン。まず、もう一回、ボール、こっちに戻して。そしたら、ぼくがドリブルするから取りに来てみ」

「え、まじっすか」

一輝がボールを蹴り返すと、ナツオさんはそのまま、ボールをリズミカルに鳴らしながらドリブルをし始めた。

突然の展開に戸惑いつつも、一輝はその様子を想像した。

この前フットサル場で見た練習風景では、両足で交互にタッチする独特のドリブルをしていたっけ。このリズム、きっとあれだ。

じゃあ、どんなふうにしたらボールを奪える？

正直、分からないけれど、目を閉じたまま、音の方向にそろりと一歩近づいてみた。

体がすくんだ。なんだこれ。ほんと、わけ分かんない！

それでも、ドリブルをしている選手がいたらボールを奪いにいくのがサッカー選手だ。これも本能に近い。

おそるおそる足を出したら、案の定、空振りした。

それどころかボールの音が消えて、一輝はパニックになった。

ただでさえ見えていないのに、音がないと何も分からない。こんなのサッカーじゃない。ただの目隠し鬼だ。

結局、一輝はバランスを崩して、尻もちをついた。

「今のはボールを足の上に乗せて音を消すフェイント。な、おもろいやろ！　いろいろ違うとこがあるけど、それでもサッカーやとぼくは言いたいね」

一輝はむっとして、黙り込んだ。だって、こっちは初心者だ。いいように打ち負かして得意げになっているナツオさんは大人げない。正直、腹が立った。

でも、そんなこと関係なしに、話し続ける。

「だから、光瀬くん、一度くらいは、練習に来てみ。春名が心配しとるし、サイドBには、きみを待っとるやつもおる。ボールあげるから、自分で遊んでみるとええ」

ナツオさんは、「じゃあ、ぼくは、そろそろ行かな」と言い、一輝の方にボールを転がした。

シャッと小さな音がして、ボールは足元で止まった。

一輝は自分の鼓動が高鳴っているのに気づいた。

「ただの鬼ごっこだろ」と、口の中でつぶやいてみたけれど、どくんどくんと心臓はもっと強く脈打った。

「大滝先生、悪いですけど、そっちに、ぼくの白杖《はくじょう》あります?」とナツオさんの声。

「ああ、これか。佐藤、おまえ、相変わらず物を適当な場所に置いておくんだな。ベンチの下に転がっていたぞ」

「がはは、先生にはかないません。いや、どうせ先生来るんやし、探してもらえる思ったら、気が緩みまして。ありがとうございます。また、連絡しますんで、今度は飲みに行きましょ」

「こっちからも連絡するよ。きょうはありがとう」

「じゃな、光瀬くん。また、やろな！」

さっそうとした足音が遠ざかるのを一輝は尻もちをついたまま聞いた。

胸に手を当ててふうっと深呼吸してから、足に触れているボールを、シャカ、シャカと動かしてみた。

気になることがある。

足にボールを乗せて音を消すフェイントって、いったいどうやるんだろう。

足の甲に引っかけるかんじ？　あるいは足首との間で挟むかんじ？　いつのまにかナツオさんの技術のことを考えている。目隠し鬼じゃなくて、ドリブルの技術として。

大滝先生がしみじみ語る声が聞こえてきた。

「本当に、あの佐藤が学校の先生だっていうんだからなあ。わたしが知っている頃は、けっこう荒れていてね。あり余るエネルギーの行きどころをなくしていたんだから、無理もないんだが。それが今では、高校生にえらそうなことを話す。本当におもしろいものだ……」

一輝は、大滝先生の言葉を頭の片隅で意識しながら、やっぱり足元のボールを触り続けた。

シャカシャカとボールを鳴らすこの競技は、サッカーなのかサッカーじゃないのか。

考えると、ますます分からなくなって、とりあえず、一輝は立ち上がった。

頭の中でイメージしたナツオさんのフェイント技を、自分でもやってみた。

うまくいかない。どうしても音がしてしまう。

最初、イラッとしたけれど、ボールに触れるよろこびが、深いところからこみ上げてきた。

あの技を覚えたい！　試行錯誤してでも、ものにしてやる。

大滝先生が、黙ってこっちを見ているのが分かる。思う壺ってやつだ。それでも、一輝はああでもないこうでもないとボールをこねくり回した。

視覚支援学校

「このままじゃいけないよなあ」と一輝は言った。

「そろそろまた、学校に行ってみる？」と母さんは応えた。

大滝先生が、ブラサカ選手のナツオさんに引きあわせてくれた夜、一輝は久しぶりに家族と食卓を囲んだ。

先生も、ナツオさんも、一輝に何をしろとは言わなかった。ただ、誘ってくれただけだ。自分がいろいろ誤解していたことも分かった。

「学校はいつからでもいいと、先生はおっしゃっていたわよ」と母さん。

「うん……でも……」

一輝は学校に行くのが今も怖い。

「視覚支援学校、見学する？　決めるには、見に行かなきゃダメでしょう」

「ああ……たしかに」

ナツオさんに会って、目が見えないのに自然というか普通というか、暑苦しいくらいにさわやかな、不思議な印象を受けた。ナツオさんは視覚障がい者である前に、コテコテのナツオさんだ。そしてナツオさん自身、この地域の視覚支援学校の先生だ。

それでも、まだ抵抗感がある。そこでは、どんな生活になるんだろう。知らないから怖い。だから見学すべきなのだが、それすら怖い。

「なら、やっぱり一度は、行ってみましょう」

母さんに言われて、一輝は心を決めた。

とにかく、一度、行ってみる。実際に行かずに怖がるなんて自分らしくない！

視覚支援学校は、一輝の家の最寄り駅から1時間くらい電車に乗った先にあった。駅からは点字ブロックが切れ間なく続いていて、視界の端で確認できたので、通学は思ったよりも簡単そうだった。もっとも、その日は、母さんが送ってくれて、また、迎えに来てくれるという厳重な構えだったのだが。

緊張で震えながら校門をくぐると、ナツオさんの案内で、まずは校長先生に会った。かなりの年齢の女性の先生で、一輝にわざわざお茶まで出して歓迎してくれた。

「不安かもしれないけれど、ここではみんな一緒だから。それなのにみんな別だから」と謎めいたことを優しげに言って、一輝の緊張を解きほぐそうとしてくれた。

廊下にもある点字ブロックに従って進んで、ナツオさんに高校二年生の教室まで連れていってもらった。

途中で感じたのは、すごく明るい学校だということだ。廊下のガラス窓が大きくて、光があふれていた。光覚がある人にとっては、明るいってすごく大事なことだと思う。一輝は、この点だけでも学校の印象が変わった。

「きょうは、音楽の授業がなくて残念やけど、まあ、楽しんだらええよ。今、休み時間やし、光瀬くんは、とりあえず、空いとる席に座っとき。じゃ、みんなよろしくな。光瀬くんは、きょうは体験入学やから」

がはは、と大きな笑い声だけ残して、ナツオさんは行ってしまった。

最初はやはり緊張して、席でガチガチに固まってしまった。一輝はどんなに大きなサッカーの試合ですら、こんなふうになったことはなかった。

しばらくしてやっと気づいた。教室はさっきまでのぱーっと明るい印象とかなり違う。暗いとまではいかないけれど、落ち着いた雰囲気だ。

席は窓際のはずなのに、なぜ外がきらきらしていないのか不思議だ。手を伸ばしてみるとごわっとした分厚い布が指先に触れた。

「それ、遮光カーテンだよ」

「へえ、なんで?」

「明るいとまぶしくて見えにくいんだよね。だから教室の前半分はカーテンをしてもらってるんだ」

「ああ、それで……」

前の席の人とさりげなく会話できて、ふっと緊張が解けた。

それにしても、見え方って本当にいろいろなのだ。人によっては明るすぎるのも逆に問題になる。

この話題をきっかけに、みんなが話しかけてくれるようになって、一輝はすぐに落ち着いた。

全員で7人のクラスだそうだし、自己紹介も短い時間ですんだ。

「佐藤先生のサッカー仲間なんでしょう?」と一人の女子が聞いてきた。

「でも、うちの学校に来ても、ブラインドサッカー部はないよ。接触プレイがあるスポーツって、やっぱり厳しいから、今、うちの部活動にある球技はゴールボールだけ」

一輝が転校した場合の部活動の心配をさっそくしてくれている。

ゴールボールというのは、ブラサカと同じで、目隠しをしてする球技だ。違いといえば、手を使ってボールを投げて、ゴールを決めること。一輝が知っているのは、その程度だった。

「生徒の人数が少ないから、部活動もいろんな種目ってわけにはいかないんだよね」とその女子は言っていた。

「ぼくはサッカー好きなんだけど、実は見たことないんだ。それなのに実況を聞くのは好きで、Jリーグでサンダーボルツが勝つとうれしい」と言った男子もいた。

「見たことないのに、好き？」と一輝が聞くと、くすっと笑いながら自分のことを語ってくれた。

「小学生になる前に見えなくなったから、サッカーアニメの必殺技は覚えていても、試合を見た記憶はないんだよね。サッカーがどんなスポーツかビジュアルでは分からない」

「じゃあ、実況聞いてて、どんなふうに想像するの？」

「そりゃあ、自分なりに想像するしかないよ。フリーキックってどんなだとか。オフサイドってなんだとか……うーん、口では言えないけどね」

へえ、そういうことがあるんだ！と新鮮な驚きだった。

その男子は、自分のスマホをささっと操作して、音声入力も使って、サンダーボルツがすごく前に天皇杯で決勝まで行った時の実況を探し出した。〈おーっと、旗が上がった！　オフサイドか？　オフサイドを取られました！〉〈振り向きざまのシュート！　強烈！　稲妻の右が炸裂しました！〉とアナウンサーが言うのを聴きながら、一輝はオフサイドなんてたしかに、目で見ないで理解するのは難しいよなと思った。

「ねえ、それで、この〝稲妻の右〟ってどんな技？　やっぱり光ったりするの？」などと本気で聞いてくるからもうおかしくてたまらなかった。

授業は、まず「英語表現」だった。教科書も副教材も、都川高校と一緒だった。それぞれの視覚に応じて、読書拡大器や点訳を使い分けていて、先生は板書はせずに口で説明した。黒板を無理に見ないですむから一輝には楽だったたし、このクラスの人は程度の差はあれみんなそうなのだ。

そして、その次の時間に受けた「情報」の授業で、一輝は興奮した。先生は元情報企業のエンジニアで、スマホやタブレットの使い方に詳しかった。それどころか、プログラミングの仕方まで教えてくれるという。都川高校の情報の授業がつまらなかったのに比べて、こっちはすぐ生活に役立つし、もっと高度なところまでつながっているように思えた。

午前中いっぱい体験入学して、昼休みに母さんが迎えに来た。

おそらく一輝は、明るい顔をしていたのだと思う。母さんも上機嫌だった。

「どう？　通ってみる気になった？　母さんにはどっちがいいのか分からないから、あなたが決めるのよ」

帰りの電車の中で言われた。

さあ、どうしたいのだろうと一輝は自問した。

前日まで怖いと思っていた視覚支援学校はぜんぜん怖くない。それどころか、あそこにいれば自分は「普通」だった。自分と同じくらいの弱視の生徒も同じクラスにいたし、そういう意味では、転校は現実的な選択肢だ。特に情報の授業は魅力的だった。

でも、一輝の頭には何かが引っかかっていた。

いったいなんだろう。

電車が都川高校の最寄り駅に停まった時に、ふと心に言葉が浮かんだ。

「サッカー……」

その言葉をそのまま口にした。

ナツオさんとほんの短い時間、ボールをやりとりした時、一輝は「ボールを使った目隠し鬼」だったと思った。ナツオさんのドリブルの音を、目が見えないまま追いかけるだけだったから。

それでも、一輝はあの瞬間、ボールの音だけに集中し、おそるおそるでも足を差し出した。空振りした後で、じんわりとくやしさがこみ上げてきた。

あれは、鬼ごっこで負けたくやしさではない。サッカーでやられた時のくやしさだ。

「そうよね、一輝はやっぱりサッカーよね。学校の成績悪くても、サッカーだけはさぼらなかったものね」

母さんの声は、ちょっと華やいでいた。しばらく聞いたことがない声だ。

「そうだね。おれはサッカー……かも」

今、視覚支援学校にサッカー部がないというのが引っかかる。ナツオさんという現役選手が先生として在籍しているのに、もったいない！

もしも、あそこにサッカー部があれば、一輝はすぐに転校を決めたかもしれない。ただ、遠いのはやはり問題だ。電車に乗っている時間だけでなく、徒歩の時間も含めたら、通学に往復3時間くらいかかる。どのみち放課後に部活で運動する時間なんて取れないだろう。とすると、方法は……。

「とにかく運動していいかお医者さんに聞いて、オーケイなら、すぐ体験日を決めましょう。あなたが言っていた、サイド……」

「サイドB」

「実は大滝先生から連絡先をうかがっているから」

結局、そういうことになる。

地元で活動しているサンダーボルツ・サイドBに参加するのが、サッカーに触れる近道だ。

こんなふうに母さんが勝手に先生と連絡を取ってどんどん話を進めてしまうのを、以前の一輝なら怒ったかもしれない。でも、この時は母さんにまかせた。実際、自分でやるよりずっと楽だったから。

運動再開

主治医の和田先生からは、案外簡単にゴーサインが出た。

「もちろん体は元気なんだし、運動をしてもいいよ」と。

「本当ですか！」

うれしそうな声を出しつつ、一輝は、正直、複雑だった。

炎症の疑いがあるから当面は安静にと言われたのは、入院した時のことだ。

その後、病因が判明して、今のところ有効な治療法もないと分かった。ここから先、積極的な治療ができるわけでもなく、視力も戻らないと宣言されたように一輝は感じた。同じクラスで医学部志望の松戸は、人工網膜が実用化されたり再生医療が進歩すれば別かもしれないと言っていたけれど、当面はあてにできない。

サイドBの世界。

ナツオさんの言葉を思い出した。

目が見えない・見えにくい人たちの世界。同じ世界にいるのに、文字通り「見えているもの」が違う。一輝も、サイドBの世界で生きていくことになるらしい。

もう一度、部屋に閉じこもって、ぐだぐだしても不思議ではなかった。いまだに一輝は自分に起きたことが信じられないし、受け入れられない。

でも、部屋に閉じこもるわけにはいかなかった。

自分だけじゃないともう分かっている。視覚支援学校で、同世代の生徒が、それぞれちょっとずつ違う見え方の問題を抱えていて、それでも、ごく普通の日常を送っている。一輝が一人だけ自分の不遇を嘆いたりするのはおかしい。

そろそろ前に進む時期なんだと一輝は思った。そう思えた。

もっとも、なかなか簡単にはいかない。

気持ちが付いていかない、というか。

病院附属のリハビリ施設のロービジョンケアで手ほどきを受けて、白杖を使い始めた。自宅近くで、車の通らない道を歩く練習も、最初、すごく抵抗があった。近所の人に見られたくなくて、少し家から離れた路地を曲がってから、折りたたみ式の白杖を伸ばすようにしたくらいだ。

一輝は人目が気になる。自分が見えないくせに気になる。近所の人たちに噂されるのはすごく嫌だ。

でも、行きたいところに自由に行けるようになりたい！　それは何事にも代えがたいことだから、一輝はとにかく白杖を使うようにした。

そして、近所の公園で運動も再開した。

まずストレッチしたら、笑ってしまうくらい体が硬くなっていた。

それでも、ナツオさんからもらったボールを足裏で転がしたとたん、サッカーの感覚が一気に戻ってきた。

「サンダーボルツ・サイドB、か」

一輝は口に出してみた。

悪くない。というか、かなり格好いい。

日本でもまだ数少ないプロチーム下部組織のブラインドサッカークラブだ。もちろんこちらはプロというわけではないけれど、現役日本代表もいる名門だそうだ。

練習参加はいつでも歓迎ということで、そこで問題がなければ入団もできそうだ。

それにしても、ブラインドサッカーで名門？　日本代表？

ネットで調べるまで、一輝は今ひとつ実感がわかなかった。パラリンピック種目だから、４年に一度、全世界に注目されるというのも初耳だった。自分がいかに狭い意味でのサッカーにしか関心を持っていなかったか分かった。

すごく冷える日曜日の朝。

一輝は、母さんに送ってもらい、サンダーボルツ・サイドBの練習に顔を出した。場所は、例のフットサルコートだ。

「やあ、光瀬くん、いつ来るかと待っとったよ。きょうは怪我明けのエースもおるし、ちょうどええ」

ナツオさんが、大きな声で迎えてくれた。

「おーい、みんな、光瀬くん来たでぇー。ヨーヘイ、みんな、こっちこい！　お待ちかねのスーパールーキーやで！」

わいわいがやがやと人が集まってきて、すごく賑やかになってきた。何よりもこの場所は明るい。この何カ月か一人で悩んできたのがなんだったのかと思うくらい。

がしっ、といきなり握手された。背が高くしなやかな筋肉が付いたアスリートだった。

あ、この人がエースだ。一輝は直感した。

「ヨーヘイと呼んで。会えるのを楽しみにしていたよ。前に、隣のコートでフットサルしてたそうだね。スタッフのユリアが見て感心していた。それで、体験会の時も先走って声をかけてしまったらしい。気を悪くしたならごめん」

「いえ、そんな……」

そんなふうに一輝が関心を集めていたなんて。どう反応してよいのか分からない。びっくりだ。

でも、のんびり驚いている間もなく、もっと別の驚きが、雷みたいに落ちてきた。

「イッキ！」と聞き知った声。

「え、ジョー？」

「光瀬！　ナツ兄から聞いて、あたしたちも来たよ。一緒に体験するね」

丈助と春名がいる！

なんだなんだ。一輝は戸惑って、口が動かなかった。

またもこの二人に仕組まれたのだろうか。

いや仕組まれたと思ったのは、後で誤解だと分かったのだから、「またも」というのは変だ。

それに、そういうこととは関係なく、一輝には気になって仕方ないことがあった。

せっかく考えずにすむようになってきたのに、二人で一緒に来られたらいやがおうにも意識してしまうじゃないか。
こういう時はなんて言えばいい？　「久しぶり」とか、あるいは「元気か」とか？
そうだ、それがいい。さりげなく、明るく、普通にあいさつすればいい。
〈マンガみたいなカップル〉
野田の声が耳元で聞こえた気がした。
無理だ。さりげなくなんてできない。
心臓が高鳴って、一輝は冷たい空気に包まれながらもじんわり汗ばんだ。

チョコレート

「イッキ、会いたかった！」と丈助が言う。

「ほんと、そればっか。ジョーって、光瀬の恋人みたいだよね」と春名。

「ハルこそ、一輝の心配ばかりしてただろ」

丈助がムキになって反論した。

なんだこれは。一輝は喉がつっかえて言葉が出なかった。

野田が二人を「カップル」と言っていたが、本当に付きあっているんだろうか。そう考えると、自分がからかわれている気がして嫌だった。

「おれ、あやまらなきゃ。ただイッキに帰ってきてほしいと思うだけで、イッキのことちゃんと考えてなかった。本当はもっと早くあやまりたかったのに、怖くて連絡できなかった。ごめん」

「いいんだ、もうそんなこと。おれだって悪かったし、早とちりもしてたわけだし。それより裏選手権でのジョーのプレイ、本当にすごいと思った」

丈助のすごい成長ぶりに自分の居場所がなくなったと衝撃を受けたのはついこの前なのに、一輝はもうそれはどうでもよくなっていた。一輝自身、これから新しいサッカーに挑もうとしているのだから。

今は……むしろもう一方のことが気になってならない。

「光瀬、忘れないうちに――」

春名の声が近づいてきて、一輝の袖をつかんだ。

「クラスの女子から。楓佳《ふうか》が中心になって、気合入れて作ったら、大きくなりすぎた。なんとかの定理から導かれる最大の正多面体である正20面体を作ったんだって。まあ、女子20人分だから、義理も積もればこれくらいになるよね」

手渡された物は、ずっしり重い紙袋だった。

「なんだ？　楓佳って、酒々井のことだよな？　おれ、数学の趣味はないぞ」

「バレンタインのチョコだよ！　光瀬、学校に来ないから、このチャンスに渡すしかないでしょう」

バレンタインか……。一輝の頭からは、日付のことなど完全に消し飛んでいた。

「それで、これがあたしから」

「あ、ああ……」

春名の手から紙包みを受け取った。手触りでしっかり包装してある本格的なものだと分かり、ドキッとした。

「おい、イッキ、行くぞ！」

丈助がぐいっと腕を引っ張った。すごく急《せ》かされて、一輝は受け取った物をいったん春名に戻さざるをえなかった。

あれ？　丈助はやいているのだろうか。いや、逆にもっと気合の入った本命のチョコをもらったんだろうか。気になる。

「集合だぞ、イッキ！」

丈助は有無を言わせなかった。なんだかピリピリしている。ただの体験入部みたいなものなのに……。

さっそく準備体操をして、ドリブルの練習。ボールが変な方向へ転がらないように慎重に運べばなんとかなる。やっぱり両足で交互にタッチするのがやりやすい。

シュート練習は、ボールの位置をよく確かめてからほとんどステップせずにドカンと打てばいい。時々は、ゴールの枠の中に飛んでいる。ドリブルからのシュートの流れも、打つところまではいける。もちろん、派手に空振りしてすっ転ぶこともあるけれど。

こういったことに比べても、やっぱりパスは格段に難しい。蹴ることはできても止められない。音を聞けと言われても、それだけで場所をきちんと特定するのは、無理だ！　ナツオさんは、「最初の関門」と言っていたけれど、ほかの技術とはたしかに難易度のレベルが違う。

基本技術練習のワンセット分が終わった。

「じゃあ、さっそく試合やろか！」

がははと笑いながら、大きな声で言ったのは、ナツオさんだった。

「いいね！」とチームのエースで、ブラサカ日本代表のヨーヘイさんが合わせた。

「ええっ」と一輝は声を上げた。

初心者が参加しているのに、いきなり試合？

「イッキ、おれ不安だ……」

丈助のビビリ癖が顔を出した。ああ、これは一輝が知っているいつもの丈助だ。さっき練習が始まる前に妙に一輝を急かしたのは、緊張のせいだったんだと気づいた。

じゃあ、自分がしっかりしなければ！と気合が入る。一輝と丈助は、だいたいいつもこういうかんじでやってきたじゃないか。

「何言ってる。ブラサカだってサッカーだ。点、取っていこうぜ」

さっきまで、もやもやしたものを感じていたのに、試合となると集中できる。ふっと心に火が灯り、サッカーのこと以外は完全に忘れた。

一輝は久しぶりにプレイヤーとしてピッチの上にいる。

初めて体験するブラインドサッカーだとしても、そのことに変わりはない。すごく気持ちいい。

「じゃあ、審判はわたしがやります」と女の人の声がした。ええっと名前は……ユリアさんだったか。体験会で一輝に声をかけてきた人だ。あの時は、一輝も普通の精神状態じゃなくて申し訳なかった。

「きょう、体験参加する光瀬くんはロービジョンで、鈴木くんは晴眼ですね。二人ともしっかりアイマスクとヘッドギアをすること」

すでにアイマスクはしていたので、ヘッドギアを言われるままに装着。時々、プロのサッカー選手でもつけている人がいるけれど、基本的に同じ物だ。

これで準備完了。初めての試合だから、一輝も緊張が高まる。隣の丈助は、間違いなく、もっとビビっている。

「とにかく怪我だけはしないようにね。最初、怖いのは当たり前だから」

ユリアさんが笑いながら言って、思い出したように付け足した。

「あと……そうだ、ナツさんのいとこの春名さんには、ガイドを頼みました」

春名がガイド？　頭の中が疑問符だらけになった。

ガイドって、ゴール裏にいて、ここに向かって打てと指示する人だっけ。

カッカッカッと、パーカッションみたいな金属音。ゴールポストを叩いて、方向を教えようとしている。

「ゴール、こっちだよ！　光瀬、ジョー、ちゃんと決めなよ！」

春名の元気な声が響いた。

アイマスクをして真っ暗な世界の中で、春名の明るい声は輪郭《りんかく》が際立っていて、たしかに方向をつかみやすい。霧が晴れて、視界良好になった気がする。

でも、それは、声がしている間だけだ。すぐに元通りに戻ってしまう。

「まじでわけ分かんない……」と丈助。

「おお、まったくだ」一輝もごくりとつばを飲み込んだ。

「がはは、そりゃそうやろ」

とつぜん近くで大声がして、びくりと体を震わせた。これじゃ一輝までビビりだ。

でも仕方ない。ナツオさんの声は本当に大きい！　耳元だったら鼓膜が破れそうだ。

「ドリブル練習やシュート練習なら、状況が決まってて、何やるかも決まっとるやろ。でも、試合になると、まず最初にせなあかんのが、状況判断や。それが、ブラインドサッカーの第二の関門かもしれへん」

そんな関門だらけのものに挑戦するのは緊張するが、そこまで言われると、逆にうれしいかもしれない……。自分がフィールドの中にいて、まさに挑戦者になれるのだから。

一輝は、そんなふうに自分自身に言い聞かせた。

それは半分成功で、半分失敗だった。武者震いしつつ、一輝は、やっぱりちょっとビビってる。

「なんでいきなり試合やと思う？」とナツオさんが聞いた。

「分からないっすよ。でも燃えます」

「いやいや、二人ともゲームの中に入ろうとは思わんとき。ユリアも言うとったけど、ほんま怪我したらつまらんし。立って、耳で聞いて、体で感じて、今！って思えた瞬間だけ加わればええから。怖かったら、その場で突っ立っとったってええ。気を付けとかなあかんのは一つだけ――」

ナツオさんは言葉を切った。こういうところは授業上手な学校の先生みたいだ。実際に先生なんだし。

けれど、そこまで言われると、一輝は逆に不服だった。突っ立っているだけじゃなくて、ちゃんとプレイしたい。試合に出るのに、お客様みたいなのはごめんだ。初めてでもできる、それなりのやり方ってないんだろうか。

「な、何に気を付ければいいんですか！」

舌を噛みそうになりながら聞いたのは、丈助だった。

「うーん、なんて言えばええやろ。自分のプレイイメージとか、指示から分かる状況とか、チームメイトの動きとか、なんか怖いくらいに『見える』瞬間がある。それは、経験を積めば増えるかもしれないけど、初心者にだってないわけじゃない。その瞬間を経験してもらえたら最高だ。そういう瞬間っていつ来るか分からないから、とにかくピッチに立ってもらいたい――」

ここで、ナツオさんは、ニヤリと笑ってウィンクした。

一輝は見えていないのに、そう思った。

「どうしたんですか、そのしゃべり方」

ナツオさんは、途中から関西弁ではなくなって、言っていることも抽象的になった。

「まあ、そう言ってこいって、ヨーヘイに頼まれた。ぼくも意味はよう分からんけどな。あいつな、理屈ぽいのか感覚的なのか分からんことよく言うから」

へえ、ヨーヘイさんからのアドバイスか。日本代表クラスの一流選手だから、自分が直接言うと緊張させるかもしれないとか思われたのだろうか。

「おーい、ヨーヘイ、言うといたでー」とナツオさんが声をかけた。

でも、返事はなかった。

代わりに、陽気な声が聞こえてきた。

「目指せ、日本一、世界一、銀河一、そして宇宙一！　*Yes we do!　We enjoy!*」

この節回しは歌だ。佐倉に聞かされて、一輝も知っている。『スタジアムは宇宙船』のアニメ化作品のオープニングだったかエンディングだったか。

ヨーヘイさんは歌いながらぴょんぴょん跳ねている。人工芝がかすかに振動し、空気がかき混ぜられるみたいなかんじがする。

「ま、言うたやろ。ヨーヘイな、理屈っぽいのに感覚的なやつや。まあ、変なアドバイスに惑わされんと、とにかく怪我せんようにやろな」

ナツオさんは、最後はがはは と大きな笑い声で締めた。

「あー！」と大声を出したのは丈助。

「おれ、ルール知らない」

みんなに届いたらしく、どどっと笑いがもれた。

「そりゃあ、説明しない方が悪いわよね」とユリアさんの声。

「基本的にはサッカーなんだけど、安全面で一番大事なのは、ボールに近づいていく時に、必ず、ボイ！と言うこと。声出さないと危険だし、ファウルになる。逆に、自分がボールを持っている時は、相手の選手が、ボイ！って言いながら近づいてくるから。この試合は、危険防止のために厳しめに笛を吹くつもり。あと、味方からの指示は、ゴールキーパー、サイドラインのコーチ、ゴール裏のガイドの3人から出るから。同時の声出しはないけど、最初は混乱すると思う。とにかく、目が見えている味方で指示する人が3人いることは覚えておいて」

「ボイ！」と声に出してみた。

スペイン語で「行くぞ！」みたいな意味だそうだ。

肩に誰かが触れた。ユリアさんがいる方向ではなかった。

「ええっと、ナツさんに伝えてもらったけど、心許ないからぼくからも」

ヨーヘイさんの声だった。さっき歌って跳びはねていたのとは別人みたいな、真面目な口調だった。

「今、きみたちにできることをやればいい。どんな形でもボールを持ったら、無理めでもどんどん打って。ぼくとナッさんが同じチームに入って、守備は全部やるから。きみたちは、シュートを打つ役割。オーケー？」

「はい！」

高ぶった一輝も、緊張している丈助も同じく声がうわずった。

「でも、ドリブルやりたいよね。サッカー部の現役選手なんだから、ボールが足元にさえあればドリブルだけはできるよね。うーん、ベストなプレイは何かな。まあ、好きにやろう！」

結局、ナツオさんの言う通り、理屈っぽいのか感覚的なのかよく分からないことを言うヨーヘイさんだった。それでも、ひたすらポジティヴな言い方であることは間違いなくて、一輝は勇気づけられた。

笛の音。

とにかく久しぶりに試合ができる！　ヨーヘイさんの指示はよく分からないけれど、前向きに行こうというメッセージだけは頭に入った。

絶対に決めてやる！　一輝は手を握りしめた。

いきなりの紅白戦

「ボイ！　ボイ！」と声がする。

シャカシャカ！　ジャ！とボールの音が響く。

ドリブルの音、強く蹴ったシュートの音。

キーパーやコーチやガイドからの指示の声。

一つだけなら落ち着いて聞けば分かるかもしれないが、様々な音が同時に来てしまうと、情報じゃなくて混沌だ。誰がどこで何をやっているのか、さっぱり分からない！

ナツオさんも、ヨーヘイさんも、意地悪だ。二人が同じチームになってくれたとしても、いきなり実戦なんて無理だ。キックオフ直後、一輝はさっそく思い知った。

「イッキ！」と丈助が声をかけてきた。声が震えている。そりゃあそうだろう。丈助は、きのうまで、たぶん目をつむったままボールに触れたことすらなかったのではないだろうか。

「右も左も分からない」と丈助。

「大丈夫だ。右手の方が右で、左手の方が左だ」

「でも、フィールドの左右は別だろ」

「しょせん、おれら、初心者だぜ」

一輝がいないサッカー部で大黒柱として活躍している丈助が、ここでは別人だ。昔みたいに気弱になる。

やっぱり、おれがしっかりしなきゃ！　一輝は両頬をビシャッと叩いた。

こういう感覚は、久々だった。燃えてきた。

たまたま近くでボールの音がしたのでその方向に一歩踏み出した。

普通のサッカーの試合でも、不安なのはファーストタッチまでだ。

だから、ボールに触ってしまえ！

でも、伸ばした足はボールにかすりもしなかった。それどころか、なぜか地面がグニャリと歪んだ。

え?·と思う間もなくすっ転んだ。もうボールの気配はない。

丈助は「右も左も」と言ったが、一輝は上と下すら分からない。

光がないだけで、平衡感覚さえおかしくなるんだろうか。これじゃ無重力サッカーだ。

なんとか立ち上がったところで、ズシャとすごい音がした。これはゴールネットが揺れた時の音。つまり、ゴールが決まった。点を取られてしまった。

歓声、拍手。ゴールはいつでもみんなを興奮させる。

でも、取られた方はおもしろくない。

「まあ、おれら、攻撃的な選手やからね。実は、守備、あんまり得意やなくて。いきなり失点で悪いけど、大目に見てな」

ナツオさんが、がははと笑った。

一輝は口をとがらせた。

「ナツオさん！　それでいいんですか？　紅白戦でも、一応試合ですよ！」

「まあまあ、そんなにらみつけないであげてよ」とヨーヘイさん。

なんで？　ヨーヘイさんは、一輝の顔を見たようなことを言う。でも、一輝はマスクをしているわけだし、ヨーヘイさんも同じだ……チームのエースで、ブラサカ日本代表選手って、そこまで感覚が鋭いのか？

「さあ、取り返す。こっちからのキックオフはチャンス。自分たちでボールを運んでみる？　練習のつもりで焦らずゆっくりドリブルしよう。そしてガイドの声の方に蹴る。それだけでいい」

えーっ！　ヨーヘイさんの指示がドリブル重視に変わった。試合前にはシュートさえ打てばいいと言っていたのに……。簡単そうに言うけれど、簡単なはずがない。

審判のユリアさんが、一輝と丈助をセンターサークルに導いた。ボールをシャカシャカと鳴らして、場所も教えてくれた。

「ドリブル、ジョーが行けよ」

「嫌だ。イッキがやってくれ。そっちのが、ちょっと先輩だろ」

「おれだって、試合は初めてだ」

「それでも、まかせた、イッキ」

丈助がちょんと足先でボールをつついて試合再開。それを一輝がドリブルでしかけた。

不思議だ。ボールが足元にあるだけで、上下の感覚がはっきりする。足からボールが離れないように注意深くゆっくりやればドリブルもできる。このあたりは練習でもできていたことだ。

でも、どっちに向かっている？　とりあえず、前に進んでいるつもりだが、「ボイ！　ボイ！」と声がすると焦る。ちょっと気を抜いたら、左右どころか　前後も分からなくなった。

「ミツセ！　こっち！　逆！」

自分の名前が耳に飛び込んできた。

ガイド役の春名だ。

春名は、ゴール裏から呼びかけているはず。

ふっと方向感覚が戻り、一輝はくるりと反転した。

「いいよ！　ミツセ！」

よし！　またドリブル！と思った瞬間、シャッと音がして、ボールを持っていかれた。

「惜しい、ミツセ！　あ、ジョー、こっち！」

春名の声が、またも響いた。

ルーズボールを偶然、足元に収めた丈助が、慎重にボールを運ぶ様子が頭に浮かぶ。丈助はふだんからボールを見ないでドリブルできるやつだ。

春名の指示と、丈助のシュート！

カンッ、と鋭い音がして、ポストがボールを弾いた。

一輝にはそれがたしかに見えた。そんな気がした。

どよめき。

「すげっ」「初めてかよ！」という声が上がる。

そりゃそうだろ、丈助だぜ。

一輝は誇らしいと同時に、舌を巻く。やっぱり丈助はすごい。

と同時に、この試合が紅白戦というよりも、レッスンなのだと気づいた。たとえば相手は「ボイ！」と声を出してても本気で当たってこない。それでもブラサカはとてつもなく難しい。

「これじゃない」と隣で声がした。

「どこだ、イッキ。おれがやりたいのはこれじゃない。イッキは前で張ってて。ボールはおれが運ぶ」

「おまえ……」

さっきまでの気弱な丈助はもういない。迫力に圧倒されてほんのいっとき、一輝は息を止めた。そして、にやりと笑った。

「やろうぜ！」

ジャッと強くボールを蹴る音がして、「イッキ！」と丈助の声が続く。

パスを出したぞ、という意味だ。

ボールは音を出しながら転がり、一輝の近くまでやってくる。さすがにドンピシャとはいかない。ボールがつま先をかすっただけで逸してしまった。

「あーっ、ミッセ！　惜しい！　ジョー、パスがずれてる！」

ゴール裏の春名が言うが、こればかりはどうしようもない。

「がはは、二人とも、がんばっとうな」

ナツオさんが大きな声で笑いながら話しかけてきた。そりゃあ、熟練者から見ればおかしいだろう。

「なあ、ヨーヘイ、この二人、春名にも聞かされとったけどおもろい。二人のコンビネーションによほど自信あるんやろな。ドリブルからパスでつなげようって、いきなり最高難易度の技やろ」

「うん本当に。ダイレクトのパスは、代表でもなかなか決まらない。それをバンバンやるのはブラジル代表くらいだ。で、ナツさん、ぼくらもトライする？」

「そりゃ、もっと練習せんと。いや、これで光瀬くんが入ったら、レギュラーも危ないやん！しもた！　やっぱり練習せな」

ナツオさんはまたもがははと笑い、みんなも一緒につられて大爆笑だ。本当に、このチームは明るい。ナツオさんがムードメーカーで、ヨーヘイさんが突っ込んだりボケたり変幻自在。二人を中心に、まわりのスタッフも、よくしゃべりよく笑う。紅白試合中だけど、ちょっと小休止、みたいな雰囲気になった。

「いや、待てよ。あれはあれで、サッカー経験者のブラサカ初心者コンビとして合理的なプレイ選択なのかな。それでもパスは難しいな……」

ヨーヘイさんは、さっきの丈助と一輝のプレイが気になったみたいで何か難しいことを言った。

「ま、いいや。なんか楽しいね！　気持ちが弾ける！」

ヨーヘイさんのモードはすぐに切り替わって、またぴょんぴょん跳びはねる。すっごくおもしろい人なのは間違いない。

「ちょっと、光瀬！」と袖を引っ張られた。プレイが途切れている間にフィールドに春名が入ってきていた。

「それと、ジョー！　作戦会議！」

春名は、すごい迫力だった。

「二人とも昔みたいにやりたいんでしょ」

「うん、やりたい。おれがドリブルで切り込んで、イッキにラストパスを出す」

「いや逆だろ。おれが真ん中で体を張ってキープして、お前が走り込んでくるところにパスを出す。それが基本だ」

「いや、おれの方だ」

「ちがう、こっちの方だ」

思わず意地になって言いあった。

「二人とも、仲がいいのは分かったから、ほどほどに！　今の二人でもできる作戦を思いついたの。聞く？」

「聞く！」

一輝と丈助は同時に答えていた。

「とにかく一人がパスを出して、もう一人が止めて、シュートしたいわけでしょう。ブラサカでは一番難しい連携みたいだけど、それでも、今の二人にも決められるかもしれないたった一つのやり方があると思う。二人ともドリブル自体はできることが分かったし、足元にボールがあればキックもできるとして……」

春名がもにょもにょと耳元で言い終えた瞬間、「そろそろ、リスタートしましょう！」と審判のユリアさんが言った。

相手のゴールスローから始まる流れで、「よーし、もろた！」とナツオさんがボールを収めた。

「ヨーヘイ、たまには行ってきぃ」

ヨーヘイさんにボールを渡したらしい。

「高校生コンビ、よう見ときや。ヨーヘイのプレイ、これは間違いなくワールドクラスやで」

ナツオさんは、「見ておけ」と言った。ブラサカの試合の中では、これは比喩的な表現だ。本当は見えないけれど、イメージしろ、想像で見ろ！ということ。

シャ、シャ、シャとすばやくリズミカルな音に、一輝はぞわっと肌があわ立った。

ヨーヘイさんのドリブルは、ぐんぐん加速する。一切の迷いがない、地平線まで続くアフリカの大草原を駆け抜けるみたいなすごいスピード感！

ああ、こんなプレイができるんだ。世界で通用するのはこのレベルなんだ！

でも、急に音が消えた。そして、すぐに今度はシャカシャカ、シャカシャカ、とあえてボールの位置をさらす音がした。

「ジョー、ぼーっとしてない！　ボールもらう！」

なるほど、ヨーヘイさんは、丈助の近くまでボールを運んだのだ。自分一人で最後まで攻められるのに、一輝と丈助にチャンスをくれた。

「よし、ジョー、いこうぜ！」

一輝は声を出した。

さっきの作戦会議で、春名がさずけた「たったひとつのやり方」を狙う。

丈助がドリブルを始めた。ヨーヘイさんに比べたらたどたどしいけど、初めてにしては立派なボールさばき。

「ジョー、いいよ、その方向！」

春名の声って、でかいよなあと思う。吹部でチューバなんて巨大な楽器を吹いて、肺活量と腹式呼吸を極めているだけある。いや、同じくらい声の大きな人がほかにもいるぞ。ナツオさんだ。つまり、佐藤さんちは声がでかいのかもしれない。

「そのまま、まっすぐ！」

ふいに、声が光った。

一輝の頭の中で、春名の元気な声がするたびに、ちかっちかっと光が灯る。そして、あたりがぱーっと明るくなって、ピッチの中の景色が浮かび上がった。

これって、闇夜の灯台みたいなものか。

「ジョー、そこ!」

丈助を呼ぶ声が、ひときわ強く輝いた。

丈助の位置は、ゴールから遠いとはいえだいたい真正面。一輝がいるのもゴールの真正面。つまり、丈助、一輝、春名の順で一直線に並んでいる。とにかく、三人が一直線に並んだ瞬間を春名は教えてくれることになっていた。

丈助は、春名の声の方向へと打つ。そこには一輝がいる。

ジャッと強く蹴ったかんじの音。

さあ止めなければ。

普通のサッカーなら、初めてボールを触る幼稚園生でもできることが、ブラサカでは難しい。

でも、春名の作戦のおかげで、だいたいの方向が分かる。

転がるボールの音を聞いて、想定通りの方向からパスが来ていると確信した。

それでもパスを止めるには、感覚を研ぎ澄まさなければならない。

丈助は春名の声の方向に蹴ったわけだが、一輝のことが見えているわけではない。左右1メートルくらいの誤差はあるはずだ。

なんとか止めなければ！

「右！　足出して！」

春名の声にハッとした。

右左どちらなのか分かるだけで可能性が上がる。

「もうちょっと！」

春名が言う前に、一輝は自分の判断で少し遠くに足を差し出していた。本当に見えているような気が一瞬したのだった。

ズン、と右足に衝撃を感じ、いったんそらしそうになりながら、足裏で確保した。

ふう。

止めた！　なんとか、止めた！

「おおっ」と周囲からどよめきがもれた。

丈助と一輝は、この時点でかなり驚かれている。

では、もっと驚いてもらおう。

ここから先は、一輝の得意のプレイだ。

ボールは足元に収めたまま、ゴールに背を向けている。

だから、振り向きざまに打ちたい。

でもディフェンスが密着している。ここだけは本気で来ているのが、当たりの強さで分かる。

一輝は、まず、右にターンした。強くボールを動かして、ジャラッと強い音をさせる。相手はそっち側に突っ込む。

そこで、左ターン。ボールを足首にのせるように柔らかく、音が出ないように。

自宅近くの公園でナツオさんがやった技を自分なりに再現しようと思ったら、こういうかたちに落ち着いた。完璧ではなかったけれど、出た音はかすかだったから、なんとか騙せたかもしれない。

「ミツセ、ここ！」

ぱあっと周囲が明るくなった。

この声は、光だ。

声が強く輝く方向へと、思いきり左足を振り抜いた。

勢い余って、引っくり返る。

ドッズッジャッ、とすごい音が返ってきた。

キーパーに捕られた？

場がしーんと静まって、どっちなのか分からない。

一輝はマスクを外したい衝動にかられた。でも、やめた。今はブラサカの試合中だし、そもそもマスクを取っても、画期的に見えるわけではない。

どっちだったんですか？　入ったんですか？

聞こうとした瞬間に、歓声が上がった。ここにそんなにたくさん人がいたのかってくらいの歓声だった。

一輝はぴょんと立ち上がって、空に向かって腕を突き上げた。

「イッキー！」と丈助が抱きついてきた。きっともうマスクは取っている。

「やっぱり、イッキはすごい！」

「おまえのパス、ドンピシャだった」

「光瀬、ジョー、二人とも最高だったよお……」

春名も近くにいて、きっと目に涙を浮かべている。

「声って……光るんだな」

一輝は空を見上げる姿勢で、ぼそりと言った。

ニホンダイヒョウ

〈佐藤と丈助が「マンガみたいなカップル」っていうのは訂正。むしろ、一輝も含めてマンガみたいな三角関係だぜ。切ないバラードができそうだ〉

そう書いてきたのは、野田だ。

〈三角関係で大事なのは、どっちかがくっついたりしないことだよなあ。その瞬間に連載終了だし〉と佐倉。「盗撮疑惑事件」の中心人物だが、とっくにわだかまりは消えている。

二人が、一輝と丈助のブラインドサッカーデビューを見に来てくれていたのを後から知った。春名から情報を聞いて駆けつけたそうだ。一輝がゴールを決めた紅白戦も応援してくれていた。ブラサカでは試合中、応援の声や音出しが禁止なので、声援を送ることができなかったし、一輝がゴールを決めた時に呼びかけても、歓声にかき消されたのだとか。どっちにしても、ありがたい話だ。

〈サッカー部の里見と舘山も来ていたぞ。あの日本代表の選手のプレイを見て、うぉーっと声を上げていた。めちゃくちゃうまいんだって？　まあ素人のおれらにしてみれば、目隠ししてボールを蹴っている時点で、もう魔法だけどな〉

〈充分に発達した科学技術は、魔法と見分けが付かないって、誰かが言っていたよなあ。それにしても、一輝は人気あるな。特に男に。これがマンガなら、ホモホモしい胸アツの学園青春スポーツものになりそうだ〉

一輝は笑った。

この二人と話すのは楽しい。よい息抜きになる。

とはいっても、学校で会って話しているわけではなく、一輝は自宅近くの公園にいる。夕方、日が沈む前の時間帯に体を動かそうと出てきたところで、メッセージのやり取りが始まった。

ブラサカの初試合の後も、一輝は学校に戻れていなかった。

視覚支援学校に二度目の体験入学をしたり、ロービジョンケアの専門家と歩行訓練を続けていたり、結構、忙しいのだ。それでも、本格的に引きこもっていた時とは違い、スマホを通して、一輝は日々、結構、賑やかな会話の中にいた。

視覚支援学校にまた行ったのは、情報技術の授業をもう少し受けてみたかったからだ。スマホやパソコンがすごく役に立つことはロービジョンケアでも強調しているけれど、学校ではその仕組みにまで踏み込んで教えてくれる。支援機能を使って情報を得たり発信するのは当たり前で、やる気があればプログラミング言語まで勉強できる。情報企業の元エンジニアの先生に触発されて、一輝は、意外にも自分がそういう分野のことが好きだと気づいた。今まで見逃していた適性だった。

〈それはそれとして、今、エロい声の声優のネット投票をやってるんだけど、佐藤って意外と、声エロくね？　なんていうか、アニメ声でさ〉

佐倉が例によってアホな方面に話を展開し、一輝は我に返った。

〈そんなこと佐藤に聞かれてみろ。おまえ、半殺しだぞ〉と野田。

〈うへ、すみません！　一輝も秘密な！〉

〈勝手にやってろ〉と一輝は爆笑した。

ひとしきり盛り上がって、やり取りを終えた。そして、一輝はすぐに自主練を再開した。

家にあったアイマスクをつけ、音が出るブラインドサッカーのボールで、左右交互にボールタッチ。そして、両足で交互に運ぶドリブル。右回転、左回転をそれぞれ10回ずつ。それがすんだら、8の字を描くドリブルを「右8の字」「左8の字」で10回ずつ。

「ブラサカの攻撃面で、一番重要なスキルはドリブルだ」と、ヨーヘイさんが教えてくれた。

見えない世界では、パスがなかなか通らない。それで、ドリブル勝負が最初の選択肢だそうだ。

この前は、得意技の「パスを受けて、振り向きざまのシュート」で成功したけれど、あれはたまたまで、ほとんど奇跡だと言われた。

「こんなの、ぼくは初めて見たよ!」とヨーヘイさんは言っていた。そして、ピョンピョン跳びはねた。

途中から気づいたのだが、ヨーヘイさんはごく普通に「見る」という言葉を使う人だ。ナツオさんに言わせれば「見てきたようなことを言うやつやろ、がはは」ということになる。でも、そういうナツオさんも、時々「見る」という言葉を使う。

日本語の「見る」には、「目で見る」というよりも、もっと広く「経験する」の意味がある気がする。

とにかく、言葉遣いも行動もおもしろいところが多いヨーヘイさんだったが、一輝と丈助のプレイにめちゃくちゃ驚いて、褒めてくれたのがうれしかった。

それでも、ヨーヘイさんは、あくまで「奇跡」だと強調した。

「ゴール前でパスを待つスタイルは、ブラサカとしては効率が悪いんだ。パスがつながらない可能性が高いから、ドリブルで持ち込んでドカンと打つのがやっぱり王道だよ」

紅白戦の時は、ドリブルしろだの、シュート打てだの、いろいろな助言をくれたけれど、結局、パスしろとは一度も言わなかった。実際、あの後、一輝と丈助は試合の中で何度もパスを通そうとしたが、一度としてつながらなかった。最初の一回が、奇跡だったと言われれば反論できない。だから、自主練習！　奇跡を待つよりは、まずは王道を行く努力の方が大切だろう。

それで一輝は、毎日トレーニングの時間を作っている。つまり、サッカーを続ける気持ちが大きくなっている。

実はヨーヘイさんに、もう一つ大事なことを言われた。

「きみの見え方なら、弱視の『ロービジョンフットサル』が本来のカテゴリーだ。全盲の人がプレイする『ブラインドサッカー』では、弱視の人は国内の大会には出られても、世界選手権やパラリンピックの日本代表にはなれない。もうじき全盲クラスの日本代表は、親善試合でスペインに行くけど、そういうのにも参加できないんだ」

つまり、一輝くらいの見え方の人には、別のサッカー、「ロービジョンフットサル」があるという。一輝は、ヨーヘイさんの紹介で、そちらの練習にも参加してきた。県内にはまだチームがなくて、東京まで行った。母さんに連れて行ってもらわなければならなかった。本当に、母さんには悪いと思う。

弱視といっても、単純に視力が出なかったり、視野が欠けていたり濁っていたり、それぞれ見え方が違うから、互いの特性を理解しあわないとプレイできない。目隠しをして条件をそろえてしまうブラサカとは発想が逆で、別の意味で挑戦しがいがあった。おまけに、こっちのカテゴリーなら、がんばれば日本代表候補になれるかもしれない。

「ニホンダイヒョウ」は魔法の言葉だ。東京まで自分一人で行けるようになれば、それもアリかもしれない、と一輝は思った。ちゃんとした指導を付けてもらって、本格的な歩行訓練を始めたのも、それがきっかけだ。なのに、なぜか、目隠ししたブラサカの練習をしてしまっているわけで、自分でもどっちがやりたいのかよく分からない。

「一輝！　ここか。もう暗いぞ」と声がした。

丈助だった。ああ、そうだ、部活が終わってから家に来る約束だった。当たり前だが、目隠ししていたら日没も分からない。

「急げ。もうすぐ始まる！」

「もうそんな時間か！」

今、スペインへ遠征しているブラインドサッカー日本代表について、ニュース番組で特集されると聞いていた。中心選手のヨーヘイさんもきっと出る。

「ナツオさんからメールがあって、とにかく見逃すなって。サプライズがあるからって」

丈助は息を切らしていた。相当急いで来たらしい。

自転車を公園に止めた丈助は、もう待てないというように、一輝の腕を引いた。

サプライズ

「すげえなあ、日本代表」

「スペイン遠征だもんなあ」

丈助と一輝は口々に言いあう。

夜のテレビニュースでの特集だ。夕食を急いで食べ、二人でスマホをのぞき込んでいる。

「やっぱり、空気も日差しも違いますよ。あと、においと町の音。サッカーの国だから、ブラインドサッカーも強い！」

ヨーヘイさんがインタビューに答えていた。興奮している様子で、そのままピョンピョン跳びはねないかと心配になった。でも、さすがにインタビュー中は、すました顔をしていた。一緒にプレイしたことがあるとはいえ、実際は雲の上の存在だ。

ブラサカ日本代表は、スペインでの親善大会に参加している。すでにドイツ代表、モロッコ代表を相手に2試合こなし、1勝1分けの成績だそうだ。いよいよ翌日、欧州王者スペイン代表との試合がある。勝てば優勝！

これまでの試合の動画を見て、一輝も丈助も「うぉー」と声を上げた。

加速するドリブル、鋭いターン、そして、体格のいい相手を体で押さえ込んだ上で振り向きざまのシュート！　ヨーヘイさんの本気はすごい。

こんなプレイができるんだ。ヨーヘイさんも、太陽みたいな人だ。

一輝が感動に体を震わせていると、隣の丈助がなぜが体をこわばらせた。

「あ……わ……」

「どうした？」

画面には、日本代表の練習の様子が映し出されている。アナウンサーの声が、「サッカー・スペインリーグの日本人選手が二人、激励に訪問しました」と言った。

「ああっ」一輝も息を止めた。ナツオさんの言ってたサプライズって……。

一輝と丈助が大ファンの若手日本人選手たちが、画面の中にいた。

アナウンサーは、「激励に訪問」と言ったけれど、激励どころか練習に参加していた。

「フリーキックも、ＰＫも全部決める。シュートはぜんぶオレが打つつもりです。サッカーはなんだろうと負けられないんで」と一人が言い、

「ボール持たせてもらえれば、こっちも負ける気しないし」ともう一人が言った。

この二人は、実は日本にいる頃からのライバルなのだ。背が高くてパワーがあるプレイヤーと、小柄なテクニシャンだから、タイプはまったく違うのだが、同い年で昔から張りあっているとか。これは、結局、一輝と丈助の体格差とか、プレイスタイルを突き詰めた進化版みたいなもので、だからこそ一輝と丈助は競って応援してきた。

スペインで違うチームにいる二人なのに、たまたまフリーの日が重なったらしい。二人ともブラサカ日本代表のレギュラーと対戦するサブ選手の中に入って、堂々とプレイしていた。ブラサカ日本代表の練習相手になるなんて、いくらプロのサッカー選手だといっても、いきなりは無理だろう。本当に、びっくりさせられた。

「日本にいた頃から交流があったんですよ。気分転換に遊びに来てくれたり」

練習の後でインタビューを受けたヨーヘイさんが解説した。

「ブラサカって、目隠しすると、ほとんど誰でも条件が一緒になるんです。あの二人、足元にボール持ったら、手が付けられないです」

10分かそこらの特集が終わった後、一輝も丈助もぼーっとしてしまい、しばらく言葉がなかった。

丈助がすーっと立ち上がった。

「イッキ……」と呼びかける。

なんだか、思い詰めた言い方だった。

「どうした」

「……まだ学校来ないのか」

「ああ……」

一輝自身、早く決めなきゃと思っていた。さっき野田と佐倉とネットでバカ話をした時、あの佐倉が予備校の春期講習を申し込んだと聞いて、内心うろたえた。2年生の3学期といえば、いよいよ進路を考える時期だ。野田の方も、進学はせずに家の工場の仕事をするらしい。もちろん、音楽活動をやりつつだ。一輝だけが、将来の計画をまだ決められずにいる。

「そろそろ来いよな。イッキはサッカー部のキャプテンなんだし」

「え、そうなのか」

とっくにクビだと思っていた。部活どころか学校にも行っていないのだから。

「おれは代理。転校したわけじゃないし、退部届出したわけでもないだろ」

「悪かった……迷惑かけてるんだな」

「おれ、スポーツ推薦で、大学のサッカー部に行きたい」

ふいに丈助が強い語調で言い、一輝は言葉を飲み込んだ。

また進路の話だ。声の強さの割に、丈助が言いにくそうなのも分かった。一輝も、胸がちくっと痛まないわけではない。

「裏選手権を見た大学のコーチが誘ってくれた。でも、そのためには、これからの大会で活躍しなきゃ」

「インハイか?」

高校サッカーの二大大会は、夏のインターハイと、冬の高校選手権だ。

「だから、もし一輝が学校に来るなら、一緒にやってほしい」

「ええっ……それどういう意味だ」

丈助は答えなかった。そのかわりにすーっと動いて、机の上から何かをひょいとつまみ上げた。

「食べてないのか」

「ああ、チョコか……」

一輝は言いよどんだ。ここでチョコの話題なんて、いきなりすぎる。

「クラスの女子の義理チョコが巨大すぎて、そっちまで行ってない」

丈助が持っているのは、春名がくれたやつだ。正直、春名の意図が分からず、もやもやして手を付けにくかった。

「案外うまかった。おれも、イッキと同じ友チョコ」

友チョコ？

それって、女の子同士が交換するんじゃなかったっけ。いや、友だちなら異性でもいいわけか。

ふっと、一輝は笑った。

とにかく謎が、ひとつ解けた。

どれが本命とか、そういう話ではなかったのだ。

変なこだわりを持っていた自分がおかしくなった。春名のおせっかいは、もともとの性格もあるんだろうし。

丈助が去った後で、一輝は春名のチョコを手に取った。そのままにしてあった包装を解くとカードが出てきた。

〈光瀬が自分の場所を見つけられますように〉と大きな字で書いてあった。

〈ナツ兄が失明した時、あたしはまだ小さくて、よく遊んでくれる大好きなお兄さんが、急にしょんぼりしてしまった理由が分かりませんでした。それで、無邪気に傷つけるようなことを言ったかもしれません。事情を飲み込めた後は、何も役に立てないのをくやしく思っていました。結局、ナツ兄は自分で新しくやりたいことを見つけて、居場所を見つけていて、前以上に明るく楽しい人になって、今は知っての通りです。あたしが光瀬の役に立てることがあったら言ってください。とにかく、学校で待ってます。もし居場所がないと思ったら、吹部もあるよ〉

一輝は思わず苦笑した。春名は吹部のことを忘れていない。パーカッションではなく、別の役割でも思いついたのだろうか。一方で、丈助はサッカー部に戻れと言う。

両方ともめちゃくちゃだ。でも、こんな面倒な状態になった一輝のことをあきらめずに気にかけてくれている。これって別の意味での「三角関係」かもと思った。

おかえり会

「屋上のプラネタリウムは、もうずいぶん使っていないらしい。先生に鍵を探してもらって中に入った時には、時間旅行した気分だったよ」

淡々と語るのは、学年一の秀才、松戸だ。

「歓迎してくれるのはうれしい。けど、なんでここなんだ」

一輝は素朴な疑問を口にした。

久々に登校した放課後、都合がつくクラスの友だちが集まって、一輝の「おかえり会」を開いてくれることになった。その会場が、屋上プラネタリウムだった。

「光瀬が来ると聞いて、佐藤が何かをやりたいと言った。じゃあ、プラネタリウムを使おうと言い出したのは酒々井だ。意図は、本人に聞くといいだろうね」

というわけで、一輝は放課後、屋上まで来た。そして、そこで待たされた。付き添いの松戸と、寒空の下しゃべりつつ、時間はたっぷりあった。

「ところで、さっきの話だけど」と松戸。

「同じ病気でも、遺伝子の変異の型によって予後が違うわけだね。実に難儀だね」

医学部志望の松戸は、一輝の目のことを気にしてくれている。だから、あり余る時間の中で、遺伝子検査のことを話した。一輝の場合、日本に多いタイプで、それは重症化しやすいものでもあった。まだこれからも悪くなる可能性があるのだ。

「本当に悪い星の下というか、悪い遺伝子の下に生まれちまったもんだ」

一輝はつぶやいた。

心の中は、もやっとしている。でも、昔と決定的に違うのは、ブラサカの選手や見学に行った視覚支援学校の生徒を知っていることだ。「なんで、おれだけが」とすねるわけにもいかない。だから思いきって、また学校に来た。春名がカードに書いてくれた「自分の居場所」があるのか確かめたかった。

「光瀬、それは違う」

松戸が、ふいに力を込めた声を出し、一輝は体をびくんと震わせた。

今、否定されるようなことを言っただろうか。

「遺伝子によしあしはないよ。単に悪いだけならとっくに淘汰されてる。今、残っているものには意味があるんだ」

一輝は、おかしくて、つい吹いた。同時に、ちょっとじーんとした。

「松戸……おまえ、わけ分かんねえ」

「そうか？　ぼくは光瀬のおかげで、人工網膜のような人工臓器技術、再生医療やゲノム編集技術といったことを勉強する理由ができた。ある意味では、感謝している」

「ほんとう、わけ分かんないよな」

一輝は、松戸がそこまで言ってくれるのが、やはり、おかしくも、うれしいのだった。

ちょうどその時、松戸のスマホが鳴った。「スター・ウォーズ」の「帝国のマーチ」だ。こいつどんな趣味だ。

プラネタリウム内での準備ができたという連絡。やっと一輝は室内に入るのを許された。

ドームの中へと足を踏み出すと、まず風の音がやんだ。

湿った空気が、暖かな波になって体を打った。

「光瀬、おかえり！」

みんなが声を合わせた。

心に染み込んでくるものがある。一輝は目頭が熱くなった。

「ありがとな、みんな。ずいぶん長いこと休んだけど、来られてよかった。特に女子は、チョコくれてありがとな。みんなこれからもよろしく……」

最後でちょっと言葉を濁したのは、実は3年生でも、都川高校に通い続けるかは分からないことを思い出したからだ。

こうやって迎え入れてもらっても、ずっと同じようにはいかないかもしれない。目がもっと悪くなったらますます難しい。でも今学期中は休まず通うつもりだ。

「光瀬はこっち」と春名に手を引かれ、一輝は席についた。

「光がない世界では、数の神秘をもっと近く感じられる気がする。光瀬はどう?」

数学好きの酒々井が隣にいて、変なことを聞いてきた。

「楓佳は本当の暗闇を知りたいんだって。だから、プラネタリウムなの。電気を消せば、真っ暗にできるから」

春名の解説も意味不明だ。

「おれ、まったく見えないわけじゃないし」

「真っ暗だとみんな条件は同じ。ふだんの見え方は関係ない。プラネタリウムは全員の目を覆うアイマスクと同じだよ」

一瞬、納得してしまった一輝だが、それでもなぜここまでするのかよく分からなかった。

お茶が入った紙コップが全員に行き渡ると、春名が「じゃあ、消すよ」と照明のスイッチを切った。

完全な闇。

「わー」「おおー」と声が上がった。

次いで、しーんと静まり返った。みんな暗闇の中で一人きりになる。隣に誰がいようと見えないから、黙っていればみんな一人きりだ。

「プラネタリウムは、人が作った宇宙だ。投射器に電源を入れれば、ドームに銀河が浮かび上がる。でも、今は真っ暗で、目を開けていても閉じていても、何も見えない。これは、貴いことだと思う」

ささやき声のような酒々井の言葉が聞こえてきた。

酒々井も、本当に自分の関心に忠実に生きている。意味は全然分からないけれど、酒々井が言うことは、信頼していい気がする。すごく重たいチョコを作って春名に言づけてくれたとき、一輝は単純にうれしかった。

「数学の宇宙はきっとこういうところから始まった」と酒々井。

「だから、それ、よく分かんないから」

「前にも言ったよ。わたしが敬愛するレオンハルト・オイラーは若い頃から片目の視力しかなく、晩年は両目とも失明した」

「ああ……そういえば、あの正……何面体だったかのチョコと関係あるんだよな」

「正20面体。オイラーの多面体定理から導かれた最大の正多面体。このクラスの女子の数は20人だから、あれしかないと思った。作るのには41枚の板チョコを溶かした。これはクラスの人数で素数だ」

「酒々井の頭の中って……謎だよな」

一輝はしみじみ感じ入りながら言った。

ブラインドサッカーチームのナツオさんは、目が見えている人と見えていない人では、住む世界は同じでも経験する世界は違うと言っていた。それは、サイドAとサイドBみたいなものだと。

でも、酒々井や松戸と話していると、どのみち人は同じ場所にいてもまったく違うことを体験し続けているんじゃないかと思う。世界は表裏どころか、もっと多面的で、つまりは、人数分だけの多面体。サイドAからZまででもまだ足りない。そして面が多いほど、多面体は丸くなる。正20面体なんて、ほとんどプラネタリウムのドームみたいだった。

ぼーっとしながら考えていると、おしゃべりとは別の音が聞こえてきた。がさがさとスナックの包装を開ける音。そして、お茶の入った紙コップをテーブルの上で滑らせる音。

今、プラネタリウムの中では、楽しむべき「おかえり会」が開催中なのだと思い出した。暗闇に圧倒されて、招かれた一輝も、たぶんみんなも、忘れかけていたんじゃないだろうか。

一輝もスナックに手を伸ばした。塩味・コンソメ味・唐辛子味のせんべいと、似た形の甘いクッキーがあるはず。手触りだけではどれか分かりにくく、口に入れるまでドキドキだった。

「わ、甘っ！　唐辛子味を狙ったのに、まさかのカントリーマアム」

「交換しね？　おれの、まじで激辛。舌が焼けそう。無理」

声が行き来して、みんなが笑った。

それまでささやき声だった会話に遠慮がなくなり、狭いプラネタリウム内は、ふだんの教室よりも何割増しかのテンションでざわついた。友だちの噂、先生の噂、そして、将来のこと。

「なるほど、光のない世界はシンプルだ。頭の中に空間を描ければ、視覚情報に惑わされず、むしろ自由自在」

酒々井が、あいかわらずわけの分からないことをぶつぶつ言っている。

一輝は、「声って、光るんだよな」と口にした。

「なに？　それはどういうこと？」と酒々井。

「声がした瞬間に、空っぽの暗闇じゃなくて、隣に人がいると分かる。そんな時、声は光だ」

一輝だけの感覚かもしれないが、ブラサカの試合をしてからそう感じる。

思わず詩人みたいなことを言ってしまって、自分でも少し恥ずかしかった。

でも、本当にそう思ったのだ。クラスメイトたちの声が四方八方から聞こえてくるこの小さな空間は、居心地のよい宇宙だった。

春名が言う「居場所」ってことなのかなあ、と思った。

誰かのスマホが鳴って、光がもれた。

闇の魔法が解けた。

「ジョーからだよ」と春名。

「練習が終わった頃、サッカー部にも顔を出すようにって」

居場所

サッカー部の部室は、本校舎から渡り廊下でつながったプレハブの端にある。クラスの友だちと一緒に屋上から1階に下りて、そこからは、付いてきてくれるという人を断って、白杖を頼りに歩いた。

部室へは一人で行きたかった。

白杖を前に差し出して、肩の幅くらいの範囲を左右に振りながら進む。

これが、以前は恥ずかしかった。使い方を練習し始めた頃も、わざわざ自宅から離れたところから始めた。

今は、学校の廊下の床をカチカチと叩きながら歩ける。

でも……やっぱり、ちょっと気合が必要だった。何しろ、これからサッカー部の部員たちに会いに行くのだから。

廊下で音の反響を聞いていると、洞窟を歩く気分になってきた。

学校はＲＰＧゲームのダンジョンだ。一輝はたしかに、以前、知らなかった世界の側面を体験している。

まったく違う世界ではなく、同じ世界の別の面。このダンジョンは、勝手知ったる道でもあって、経路は間違いようがない。それでも、前には気にならなかった段差や、出っ張った柱に今は要注意だ。白杖が一輝の賢者の杖になって、ここ危ない！とか教えてくれる。

途中何度か立ち止まったけれど、ほどなく部室についた。

扉に手を伸ばすと、木製の板が指先に触れた。目を近づけてみて、一輝は苦笑した。「サッカー部」の上に「明るい」と書いてくっつけたのは、もう何カ月も前だ。

とうとう戻ってきた。太陽みたいに輝くキャプテンのはずが、ずいぶん長く不在にしてしまった。

すーっと大きく深呼吸して、ドアを開けた。

「よう、久しぶり！」

明るく大きな声を出した。

でも、返事がない。暗闇と同じくらい、一人きりだ。まだ練習が終わっていないのだろうか。

「やあ一輝、久しぶりぃー」

やっと声が聞こえた。それも背後から。

のんびりした話し方は、キーパーの里見だ。

「みんなまだグラウンドだよ。丈助に呼んでくるように頼まれた」

部室には入らずに、薄暗いグラウンドへ。ボールを蹴る音が聞こえてきた。練習自体は終わって、戯れに蹴っている雰囲気だ。

「みんな、一輝が来たよー」と里見が屈託なく大声で言うと、音がやんだ。

「おー、一輝！　もう来ないかと思ったぜ」と肩を荒々しくつかんだのはディフェンスの要、舘山だ。

「今、話しあいが終わったところだ」

話しあい？　一輝は流れが読めない。

「あのさ、イッキ……」と丈助が口ごもった。

「まず……キャプテンやめてほしい」

「ああ、そりゃあそうだ。なんにもできないのに名前だけ残して悪かった」

前から思っていたことだから、すらすらと言葉は出た。でも、さすがに面と向かって言われるとキツい。ここにおれの居場所はないよな……と春名の顔を思い浮かべた。

「インハイに向けて、新体制を考えた」と舘山。

「今まで、キャプテンと部長を分けてなかったけど、これからは分ける。丈助がキャプテンになって、部長はおれだ。事務的なこととか、どのみちおれがやることになっただろうし」

「ああ、それがいい。おれは、サッカー部も退部させてもらうよ。おまえたちの活躍、信じてるからな！」

一輝は声を絞り出した。

本当は寂しかったけれど、せいいっぱい明るく。これでチームメイトたちと握手して去れば、ケジメをつけたことになる。

「だめだ」と言ったのは丈助だった。

「一輝にも手伝ってもらう」

はあ？　いったいなんのつもりだろう。

無茶なことを言われている気もして、むっとした。

「だから、おれには無理だって。キャプテンだってクビなんだろう」

「クビじゃない。イッキは新しいチームのキャプテンだ」

一輝は混乱した。あまりにわけが分からなくて、体がふわふわする。

シャッ、と金属の音がして、足に軽い衝撃があった。聞き慣れた音と、なじみのある感触。

「半信半疑なんだよねぇ。インハイ予選に向けて、いい練習になるって丈助は言うんだけど、一輝はどう思う?」と里見の声。

「スペインリーグの日本人選手もやってるって? おれとしても、部活で変わった経験をしておけばAO入試のネタになるかもしれないし……」と舘山。

一輝は足に触れているものを確認した。間違いなくボールだ。それもブラインドサッカーの。

「イッキ!」と丈助が一歩前に出た。

「ブラサカチーム、都川高校サッカー部・サイドBを作る。イッキにそっちのキャプテンをやってほしい」

「おまえ……」一輝は言葉を失った。

スペインでの国際大会に出た日本代表の特集をテレビで見た後、丈助は「一緒にやってほしい」と言った。その時には、意味が分からなかったが、つまりこういうことか。

ブラサカは、アイマスクをしてしまえばみんな条件が同じ。

世界のトップリーグの選手が、気分転換とはいえブラサカをプレイする姿を見て、丈助はサッカー部のトレーニングに組み込めないかと考えた。

一輝は「サイドＢ」のキャプテンとして、その練習を仕切る。

「ああ……それなら、できる、かもしれない」

一輝はこのグラウンドでブラサカの基礎練をし、たぶん、サンダーボルツのクラブチームにも入ってリーグ戦出場を目指す。

チームのみんなは普通の練習をしつつも、ブラサカを取り入れる時は、一輝が中心になる。たしかに、イメージできなくはない。

「ごめーん、遅くなった！」と女子の声がした。

「いやあ、みなさんはじめまして。そこにおるよね？」と変な関西弁の男の人も。

「あたしのいとこのナツ兄を紹介するよ。ブラサカの選手で、時々、教えに来てくれるって！」

今度こそ、間違いなく、春名と丈助に見事に仕組まれた。

ここまで鮮やかだと、もう笑うしかなかった。

都川高校サッカー部・サイドＢ。

これはたしかに「居場所」かもしれない、と一輝は思った。

「都川サイドB」デビュー!

「よーし、点取っていくぞ!」

一輝は大きな声で言う。

「できる、できるよー!」とキーパーの里見が励ます声。

「マジかよ。レベル違いすぎ。ディフェンスがとうてい追いつかねえ」

泣きごとを言うのは、舘山だ。

「がはは、初心者なんやから守備がうまくいかへんのは当たり前。それよか点取りに行かな」

明るい笑い声を上げるナツオさん。

「じゃあ、イッキ、点取っていこう」

隣で丈助がぼそっと言った。

都川高校サッカー部の有志活動「サイドB」公式デビュー戦だ。

4月になってからのこと。指導に来たナツオさんが、「地域のブラサカ大会があるんやけど、出る？」と言ってきた。まだまだ競技人口は少なくて、県内には数えるほどしかチームがないから、できたばかりの「都川サイドB」にも声がかかった。優先すべきインターハイ県ブロック予選まで間があったので、出場することにした。

大会はよく晴れた日曜日。会場はサンダーボルツのフットサル場。朝、一輝は、家が近くの丈助と春名と一緒にバスに乗った。春名は、スーザフォンの大きな楽器ケースを背負っていた。吹部有志で、試合の合間に大会を盛り上げる演奏を頼まれたそうだ。

バスの中では、春名と隣になった。しばらく無言の時間が続いた後、春名が先に口を開いた。

「結局、光瀬は自分の居場所を見つけたのかな。ひょっとしたら4月になったら、転校しちゃうのかもって思っていた。光瀬が決めたんなら反対できないし、心の準備までしてた。また、あたし何もできなかったなあって」

「また……？」

春名の言葉は、一輝には謎めいて聞こえた。

「ほら、前にナツ兄に何もできなかったって言ったでしょ。自分が小さかったからだと思ってたけど、結局、光瀬にも行きあたりばったりなおせっかいを焼いてばかりで、空回りしてたと思うし」

「いや、ありがたく思ってる」

これは本心からだ。春名が気にかけてくれて、心配したり、怒ったりしてくれたことは、一輝にとってこの半年間、とてもうれしいことだった。時々、いや、かなり振り回されることもあったとしても。

「転校しないって決めたって聞いて、あたしとしてはうれしいよ」

「今、視覚支援学校にはサッカー部がないんだ。こっちで部活にサイドBまでできたと思ったら、なんか去りがたくなった」

「やっぱり光瀬は、サッカーで決めるんだね」

春名はくすっと笑った。

「まあ、週に一度は、視覚支援学校に情報技術の授業を受けに行くし、二重生活みたいなかんじ。あっちでも友だちできて、二度おいしい」

「サンダーボルツのサイドBの練習は？　毎週、土日？」

「うん。次のリーグ戦に向けて猛練習中。正直、まわりのレベルが高くてへこんでる。でも、きょうの大会でボルツとも対戦するから、どれだけ上達したか試せる。ナツオさんがこっちに入るのは頼もしいし。ただ……ゴール裏のガイドが大滝先生なんだよなあ」

大滝先生の指示出しはちょっとタイミングが遅く、声も通りにくい。

「先生、つい考えちゃうタイプだから」

二人とも、思わず大きな声で笑ってしまった。

「とにかくもう1年、同じ校舎に通えるんだね。丈助と光瀬と、あたしと」

春名がしみじみと付け足した。

一輝はその声に温かなものを感じながらうなずいた。

バスを降りて、フィールドに立つと、がぜんテンションが上がる。参加チームは4つ。圧倒的に強いのは「本家サイドB」だが、ほかの在来2チームも、ベテランぞろい。1日で総当たり戦、3試合をこなす。「本家」と当たるのは最終戦だ。

都川サイドBは、第1試合の序盤からどんどん点を取られ、ディフェンスの舘山が悲鳴を上げた。正直、まだ、守備の連携などができるレベルではないので、「守備の人じゃない」と自称するナツオさんと、初心者レベルの舘山によるもやーっとしたディフェンスで戦うしかないのだった。

もちろん、キーパーの里見も奮闘しているが、かなり大変そうだ。

「つい視線を読もうとしちゃうんだよね。ブラサカのシュートって、どこに来るか分かんないし、ボールは重いし、かなり怖いよ」と練習でも言っていた。

勘のいいキーパーである里見は、勘では読めないシュートコースに悩んでいる。通常のサッカーでは、かなりの情報をシュートを打ってくる相手の視線から得ていたことに、里見自身びっくりしていた。でも、フィールドプレイヤーが目隠しをしているブラサカではそれがまったく使えないのだ。

結局、前半後半合わせて5点取られた。

一方で、一輝と丈助は、一矢報いようとがんばって攻め込んだ。流れの中では一度も守備を崩せなかったが、一輝と丈助が一度ずつPKをもらうことには成功した。そして、それぞれ決めた！　快挙だ。負けには違いないけれど。

2試合目は、全員守備を試してみて、なんとか1失点で切り抜けた。でも、1点も取れなかったから、やっぱり負けた。

この時点で最下位がほぼ決定。というのも、最終戦で2点以上の差を付けて勝つのが、最下位脱出の最低条件になってしまったから。何しろ、相手は全国レベルのチーム、サンダーボルツ・サイドBだ。

試合を待つ休憩時間、一輝は心底、わくわくしていた。都川高校吹奏楽部有志がかなでる校友歌が心地よい。歯切れのいい低音が、しっかりと地面を支えて、もっと高いところにまで押し上げてくれそうだ。

その先に、雲の上の存在、ヨーヘイさんがいる！　ひたひたと高揚感が満ちてきた。

いよいよ入場し、試合前の整列。

ちょうど一輝の前に並んだヨーヘイさんが言った。

「初めての真剣勝負、全力で行くよ」

「望むところです。点取っていきますよ」

「なら、ぼくはその5倍取る。勝負のハンデが必要なのは誰の目にも明らかだ」

「いいんですか。後悔しますよ」

「後悔させてみせてくれないか」

ヨーヘイさんは、すごく愉快な人だ。ゴールを決めると、ピョンピョン跳びはねて喜ぶ。一緒に練習していると、その明るさに助けられる。でも、語らせたら意外と真面目で理論的なところもあるからますますおもしろい。

一輝は、ヨーヘイさんのように輝く選手になりたい。最近、よくそう思う。だから、この試合は超全力だ。

「えーっと、選手交代おねがいできるかな。選手というか、ガイドを交代」

おずおずと言う声は、大滝先生！　自分の指示出しが、今ひとつなことを理解したらしい。

「ガイドに入ります！」

「え？」一輝と丈助の声が重なった。

吹奏楽部の演奏がもう止まっていることに気づいた。

「ガイドは、大滝先生に替わって佐藤春名です。よろしくおねがいします！」

審判からオーケイが出た。

「じゃあ、みんな、点取っていくよ！」

カンカンカンと、ゴールポストを叩きながら言う。

たしかに、春名の明るく輪郭がはっきりした声は、先生よりずっと聞きやすい。

「なあ、ジョー」一輝は語りかけた。

「あれ、やれるか？」

「いいね、やろう、イッキ」

それで決まった。

先制点を強豪からもぎ取る。

きっとヨーヘイさんだってあわてる。そうなったら、試合は読めなくなる。

「里見！　ボール持ったら、サイドの壁に当てて丈助にパス出して！」

とりあえず、里見からのボール出しの精度は期待していい。キーパーはマスクをしていないし、おまけに手で投げられる。パスを止めるのは難しいけれど、何度もやれば成功することだってある。

相手側からのキックオフ。

ヨーヘイさんが、ドリブルでどんどん進んでくる。この加速感は異次元だ。

対戦相手として相対すると、単純に恐怖でしかない。草原をすごい勢いで肉食獣が走ってきて、今にも飛びかかってきそうな恐怖だ。

ボールタッチごとにシャッと響く音が、都川サイドB陣内に切り込んでくる。

切り替えして方向転換。そして、また切り返し。すべてが軽やかで、つぎめがない。どんどん緊張感が増してくる。

ドカンとすごい音がした。

それだけで一輝は心底納得する。

ワールドクラスというのは、こういうことだ。このシュートの威力！

1秒、2秒の間、誰も声を出さなかった。

「さあ、今度は攻めていこう！」

里見が沈黙を破った。

なんとか止めたらしい。きっと後で、ボールが当たった場所が痛いとか泣きごとを言うだろう。

でも、今は……チャンスだ！

「行くよ！」と里見の声。

ドンッと、ボールがサイドフェンスに当たる音。

「ジョー、拾って！」と春名の声。

シャッシャッと軽快なドリブルの音。丈助のタッチの間合いは独特で、一輝はもう耳で聞けば分かるくらいになっていた。

「そこ！　ジョー！」

丈助と一輝とゴール裏の春名が一直線に並んだ瞬間だ。

サンダーボルツに初めて練習参加した時、一輝と丈助はこのやり方で初ゴールを決めた。

ほとんど奇跡だと驚かれたけれど、何度でも起こしてやろうじゃないか！

丈助がパスを出す音が耳に届いた。

ややそれた気がして足を伸ばした。

「行きすぎ！」

春名の声に、足を少し戻したら、かかとにボールが当たった。

なんとかキープ。

もうディフェンスの選手が張りついている。

うまい選手なのは間違いないし、一輝がゴールを決めたプレイを知っている相手でもある。

だから、あえてフェイントとか、細かいことは考えない。打てるところでシンプルに打つ。

すばやくターン。できる限りのスピードで。

「光瀬！」

声が光った。ぱあっとお日さまのような光が満ちた。

おれは、もっと輝ける！

一輝は、右足を鋭く振り抜いた。

ブラインドサッカーのルール

一輝が飛び込んでいくことになった、ブラインドサッカーの世界をちょっとだけ解説します。

ヘッドギア

選手同士がぶつかったり、倒れたりした時、頭を怪我しないように装着します。（装着の義務があるのは、国内ルールのみ）

アイマスク

見え方が異なる選手たち（国内戦では、晴眼者も一緒にプレイすることができます※）の条件を平等にするために、フィールドプレイヤーは全員アイマスクをします。まず、目の上にアイパッチを貼り、その上からアイマスクを装着することで、光も入らないようにしています。

※フィールドプレイヤーとして国際試合に出られるのは、「見えにくい」人の中でも、Ｂ１というカテゴリに属する選手のみです。Ｂ１とは、全盲から光を感じられる光覚までを指します。

ボール

転がすと「シャカシャカ」と音が出るボールです。音を頼りに、ボールがある場所を判断します。フットサルボールと同じ大きさで、サッカーボールにあてはめると4号球サイズです。

試合時間　前半・後半各20分

プレイ人数　1チームにつき、フィールドプレイヤー(アイマスクをつける人) 4人、キーパー(晴眼者、または弱視者がつとめ、アイマスクをつけない) 1人+ガイド、監督

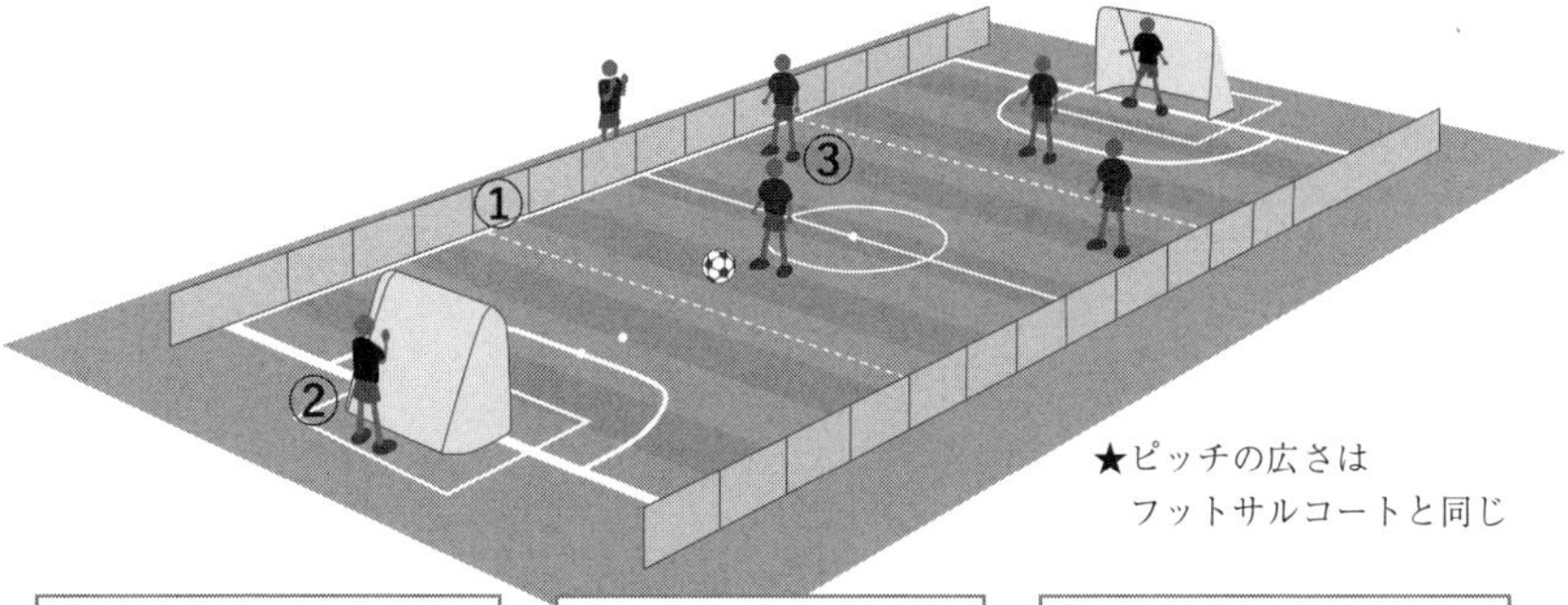

★ピッチの広さは
フットサルコートと同じ

①サイドフェンス
ブラインドサッカーは、ピッチの両サイドラインに、1メートルほどの高さのフェンスを並べてプレイします。ボールがピッチの外へ出ることを防いだり、選手がピッチの大きさを把握したりするためのものです。

②ガイド（コーラー）
敵ゴールの後ろに立って、ゴールの位置や距離、選手から見た角度、シュートするタイミングなどを声で伝える役割の人です。ほかに、サイドにいる監督と、ゴールキーパーが声でサポートします。

③ボイ（Voy）!
スペイン語で「行く」という意味です。フィールドプレイヤ―がボールを取りに行く時には、必ずこのかけ声をかけなければなりません。選手がいる位置を知らせ、衝突を防ぎます。声を出さないとファウルを取られます。

観戦中は、お静かに…

試合中、選手たちはボールの音や仲間たちの声、ガイドや監督、キーパーの声など、あらゆる音を聞き取らなければなりません。そのため、ブラインドサッカーでは、試合中「観客は静かに観戦する」というルールがあります。そのかわり、点が入った時は歓声を上げてＯＫ。

作　**川端 裕人**
1964年生まれ。東京大学教養学科卒業後、日本テレビに8年間勤務。退社後はコロンビア大学ジャーナリズムスクールに籍を置きながら、文筆活動を本格化。フィクション・ノンフィクションの両分野で活躍する。著書は小説『夏のロケット』（文春文庫）、『銀河のワールドカップ』（集英社文庫）、『青い海の宇宙港（春夏編・秋冬編）』（早川書房）、『声のお仕事』（文藝春秋）、ノンフィクション『動物園にできること』（文春文庫）など多数。

装画　**とろっち**
イラストレーター。「サクラダリセット」シリーズ（KADOKAWA）など、多くの書籍の装画や、雑誌、書籍の挿絵を手がける。
ウェブサイト　http://www7b.biglobe.ne.jp/~altamira/index.html

太陽ときみの声
2017年9月30日　初版第1刷発行
2019年8月31日　　　第2刷発行

作　川端 裕人

装画　とろっち
デザイン　横山 千里
編集　當間 光沙
編集協力　水野 麻衣子

取材協力　日本ブラインドサッカー協会
東京都立八王子盲学校
清水 朋美（国立障害者リハビリテーションセンター病院）

発行者　植田 幸司
発行所　朝日学生新聞社
〒104－8433　東京都中央区築地5－3－2　朝日新聞社新館9階
電話　03－3545－5436
www.asagaku.jp (朝日学生新聞社の出版物案内)

印刷所　シナノパブリッシングプレス

ISBN 978-4-909064-25-7
乱丁、落丁はお取り替えいたします。
この作品はフィクションです。実在の人物や団体とは関係ありません。
本書は、朝日中高生新聞にて2016年10月2日～2017年3月26日まで連載されていた作品に加筆・修正を行ったものです。